Né à Providence (Rhode Island) en 1933, Cormac McCarthy a passé sa jeunesse dans le Tennessee. Dès ses premiers livres (*L'Obscurité du dehors*, *Un enfant de Dieu*, *Méridien de sang*), il est comparé à Herman Melville, James Joyce et William Faulkner, alternant entre western métaphysique et thriller rural. En France, on découvre en 1993 *De si jolis chevaux*, premier volume de *La Trilogie des confins* (le livre a remporté le National Book Award en 1992) ; les deux autres volumes sont *Le Grand Passage* et *Des villes dans la plaine*. Cormac McCarthy a également publié *Suttree* ou encore *Le Gardien du verger* (prix Faulkner 1965). *No Country for Old Men* a été adapté au cinéma par les frères Cohen en 2007 et couronné de quatre oscars. *La Route*, son dernier roman, prix Pulitzer 2007, a également été adapté, en 2009, par John Hillcoat, avec Vigo Mortensen.

Le Gardien du verger
prix Faulkner 1965
Robert Laffont 1965
Éditions de l'Olivier, nouvelle traduction, 1996
et « Points », n° P685

L'Obscurité du dehors
Actes Sud, 1991
et « Points », n° P567

Un enfant de Dieu
Actes Sud, 1992
et « Points », n° P611

De si jolis chevaux
(La Trilogie des confins, I)
Actes Sud, 1993, 2001
et « Points », n° P490

Suttree
Actes Sud, 1994
Seuil, « Points », n° P489

Le Grand Passage
(La Trilogie des confins, II)
Éditions de l'Olivier, 1997
et « Points », n° P751

Méridien de sang
Éditions de l'Olivier, 1998
et « Points », n° P827

Des villes dans la plaine
(La Trilogie des confins, III)
Éditions de l'Olivier, 1999
et « Points », n° P961

No Country for Old Men
(Non, ce pays n'est pour le vieil homme)
Éditions de l'Olivier, 2007
et « Points », n° P1829

Cormac McCarthy

LA ROUTE

ROMAN

*Traduit de l'anglais (États-Unis)
par François Hirsch*

Éditions de l'Olivier

TEXTE INTÉGRAL

TITRE ORIGINAL
The Road
ÉDITEUR ORIGINAL
Alfred A. Knopf en 2006
© Cormac McCarthy, 2006

ISBN 978-2-7578-1161-0
(ISBN 978-2-87929-591-6, 1ʳᵉ édition)

© Éditions de l'Olivier, 2008, pour l'édition en langue française

Ce livre est dédié à John Francis McCarthy

Quand il se réveillait dans les bois dans l'obscurité et le froid de la nuit il tendait la main pour toucher l'enfant qui dormait à son côté. Les nuits obscures au-delà de l'obscur et les jours chaque jour plus gris que celui d'avant. Comme l'assaut d'on ne sait quel glaucome froid assombrissant le monde sous sa taie. À chaque précieuse respiration sa main se soulevait et retombait doucement. Il repoussa la bâche en plastique et se souleva dans les vêtements et les couvertures empuantis et regarda vers l'est en quête d'une lumière mais il n'y en avait pas. Dans le rêve dont il venait de s'éveiller il errait dans une caverne où l'enfant le guidait par la main. La lueur de leur lanterne miroitait sur les parois de calcite mouillées. Ils étaient là tous deux pareils aux vagabonds de la fable, engloutis et perdus dans les entrailles d'une bête de granit. De profondes cannelures de pierre où l'eau tombait goutte à goutte et chantait. Marquant dans le silence les minutes de la terre et ses heures et ses jours et les années sans s'interrompre jamais. Jusqu'à ce qu'ils arrivent dans une vaste salle de pierre où il y avait un lac noir et antique. Et sur la rive d'en face une créature qui levait sa gueule ruisselante au-dessus de la vasque de travertin et regardait fixement dans la lumière avec des yeux morts blancs et aveugles comme des œufs d'araignée. Elle balançait la tête au ras de l'eau comme pour capter l'odeur de ce qu'elle ne pouvait pas voir. Accroupie là, pâle et nue et transparente, l'ombre de ses os d'albâtre projetée derrière elle sur les rochers. Ses intestins, son cœur battant. Le cerveau qui pulsait dans une cloche de verre mat. Elle secoua la tête de gauche à droite et de droite à gauche puis elle émit un gémissement sourd et se tourna et s'éloigna en titubant et partit à petits bonds silencieux dans l'obscurité.

À la première lueur grise il se leva et laissa le petit dormir et alla sur la route et s'accroupit, scrutant le pays vers le sud. Nu, silencieux, impie. Il pensait qu'on devait être en octobre mais il n'en était pas certain. Il y avait des années qu'il ne tenait plus de calendrier. Ils allaient vers le sud. Il n'y aurait pas moyen de survivre un autre hiver par ici.

Quand il fit assez clair pour se servir des jumelles il inspecta la vallée au-dessous. Les contours de toute chose s'estompant dans la pénombre. La cendre molle tournoyant au-dessus du macadam en tourbillons incontrôlés. Il examinait attentivement ce qu'il pouvait voir. Les tronçons de route là-bas entre les arbres morts. Cherchant n'importe quoi qui eût une couleur. N'importe quel mouvement. N'importe quelle trace de fumée s'élevant d'un feu. Il abaissa les jumelles et ôta le masque de coton qu'il portait sur son visage et s'essuya le nez du revers du poignet et reprit son inspection. Puis il resta simplement assis avec les jumelles à regarder le jour gris cendre se figer sur les terres alentour. Il ne savait qu'une chose, que l'enfant était son garant. Il dit : S'il n'est pas la parole de Dieu, Dieu n'a jamais parlé.

Quand il revint le petit était encore endormi. Il retira la bâche en plastique bleue sous laquelle il dormait, la plia et l'emporta et la rangea dans le caddie de supermarché et revint avec leurs assiettes et des galettes de farine de maïs dans un sac en plastique et une bouteille en plastique contenant du sirop. Il déplia par terre la petite toile cirée qui leur servait de table et y disposa le tout et prit le revolver qu'il portait à la ceinture et le posa sur la toile et resta simplement assis à regarder le petit dormir. Il avait retiré son masque pendant la nuit et le masque était enfoui quelque part dans les couvertures. Il regardait le petit et regardait au loin entre les arbres vers la route. Ce n'était pas un endroit sûr. On pourrait les voir depuis la route maintenant qu'il faisait jour. Le petit se tourna dans les couvertures. Puis il ouvrit les yeux. Salut, Papa, dit-il.

Je suis juste là.

Je sais.

Une heure plus tard ils étaient sur la route. Il poussait le caddie et tous les deux, le petit et lui, ils portaient des sacs à dos. Dans les sacs à dos il y avait le strict nécessaire. Au cas où ils seraient contraints d'abandonner le caddie et de prendre la fuite. Accroché à la barre de poussée du caddie il y avait un rétroviseur de motocyclette chromé dont il se servait pour surveiller la route derrière eux. Il remonta le sac sur ses épaules et balaya du regard la campagne dévastée. La route était déserte. En bas dans la petite vallée l'immobile serpent gris d'une rivière.

Inerte et exactement dessiné. Le long de la rive un amoncellement de roseaux morts. Ça va ? dit-il. Le petit opina de la tête. Puis ils repartirent le long du macadam dans la lumière couleur métal de fusil, pataugeant dans la cendre, chacun tout l'univers de l'autre.

Ils franchirent la rivière sur un vieux pont en béton et quelques kilomètres plus loin ils arrivèrent devant une station-service au bord de la route. Ils firent halte pour l'examiner. Je crois qu'on devrait aller voir, dit l'homme. Y jeter un coup d'œil. L'herbe guéable tombait en poussière sous leurs pieds. Ils traversèrent l'aire de stationnement à l'asphalte défoncé et trouvèrent la citerne des pompes. Le bouchon était parti et l'homme se mit à plat ventre sur les coudes pour flairer le tuyau mais l'odeur d'essence n'était qu'une rumeur, vague et rancie. Il se releva et regarda le bâtiment. Les pompes encore debout avec leurs flexibles encore curieusement en place. Les fenêtres intactes. La porte de l'aire de service était ouverte et il entra. Debout contre un mur une armoire à outils métallique. Il inspecta les tiroirs l'un après l'autre mais il n'y avait rien qui pût lui servir. Des douilles en bon état à section carrée de 12,7 millimètres. Une clé à cliquet. Il fouilla le garage du regard. Un fût métallique plein d'ordures. Il entra dans le bureau. De la poussière et de la cendre partout. Le petit restait dans l'encadrement de la porte. Un bureau métallique, une caisse enregistreuse. De vieux manuels de conduite et d'entretien de véhicules, les pages gonflées et trempées. Le linoléum était taché et gondolé à cause du toit qui fuyait. Il traversa la pièce et se planta devant le bureau. Puis il souleva le combiné du téléphone et composa le numéro qui avait été le numéro de son père en des temps très anciens. Le petit l'observait. Tu fais quoi ? dit-il.

Trois ou quatre cents mètres plus loin sur la route il s'arrêta et regarda par-dessus son épaule. On ne réfléchit jamais assez, dit-il. Il faut qu'on fasse demi-tour. Il poussa le caddie en dehors de la route et le fit basculer à un endroit où on ne pouvait pas le voir et ils laissèrent leurs sacs et retournèrent à la station-service. Une fois dans l'aire de service il traîna dehors le fût en acier et le renversa et sortit toutes les bouteilles d'huile en plastique d'un litre. Puis ils s'assirent par terre pour les vider une à une du dépôt qui pouvait rester au fond, les laissant tête en bas s'égoutter dans une bassine jusqu'à ce qu'il y ait finalement près d'un demi-litre d'huile de graissage. Il revissa le bouchon en plastique et essuya la bouteille avec un chiffon et la garda un moment dans sa main levée. De l'huile pour leur misérable petite lampe, de quoi éclairer les longs crépuscules gris, les longues aubes grises. Tu vas pouvoir me lire une histoire, dit le petit. Hein, Papa ? Oui, dit-il. Bien sûr.

De l'autre côté de la vallée la route passait à travers un brûlis totalement noir. À perte de vue de chaque côté de la route des troncs d'arbre carbonisés amputés de leurs branches. La cendre volante se déplaçant au-dessus de la route et dans le vent le grêle gémissement des fils morts tombant comme des mains flasques des poteaux électriques noircis. Une maison incendiée dans une clairière et au-delà une étendue grise et nue d'anciens herbages et un remblai de boue rouge à vif où un chantier routier gisait à l'abandon. Plus loin le long de la route il y avait des panneaux avec des publicités pour des motels. Toute chose telle qu'elle avait été jadis mais décolorée et désagrégée. Ils firent halte en haut de la côte dans le froid et le vent pour reprendre haleine. Il regardait le petit. Ça va, dit le petit. L'homme lui posa la main sur l'épaule et d'un signe de tête désigna l'espace découvert qui s'étendait à leurs pieds. Il sortit les jumelles du caddie et resta sur la route à scruter la plaine là où la forme d'une ville apparaissait dans la grisaille comme une esquisse au charbon de bois tracée sur les terres dévastées. Rien à voir. Aucune fumée. Je peux regarder ? dit le petit. Oui. Bien sûr. S'appuyant contre le caddie, le petit ajusta la molette. Qu'est-ce que tu vois ? dit l'homme. Rien. Le petit abaissa les jumelles. Il pleut. Oui, dit l'homme. Je sais.

Ils laissèrent le caddie dans un ravin avec la bâche par-dessus et gravirent la pente entre les fûts noirs des arbres jusqu'à l'endroit où il avait aperçu un encorbellement rocheux. Assis à l'abri de la corniche ils regardaient les nappes de pluie grises balayer la vallée. Il faisait très froid. Ils se serraient l'un contre l'autre enveloppés chacun dans une couverture passée par-dessus leurs vestes et au bout d'un moment la pluie cessa et il n'y eut que le bruit des gouttes dans les bois.

Ils attendirent une éclaircie pour repartir. Ils redescen-dirent jusqu'au caddie et retirèrent la bâche et prirent leurs couvertures et les affaires dont ils auraient besoin pour la nuit. Ils remontèrent et établirent leur bivouac sur la terre sèche sous le surplomb et l'homme s'assit en entourant le petit de ses bras pour tenter de le réchauffer.

Enveloppés dans les couvertures, surveillant l'obscurité sans nom qui viendrait les emprisonner dans son linceul. La forme grise de la ville s'effaçait dans la nuit tombante comme une apparition et il alluma la petite lampe et la posa dans un endroit abrité du vent. Puis ils retournèrent sur la route et il prit la main du petit et ils montèrent en haut de la côte là où la route arrivait à la crête et d'où l'on pouvait voir au sud les terres gagnées par l'obscurité, debout tous deux en plein vent, enveloppés dans leurs couvertures, guettant un signe quelconque d'un feu ou d'une lampe. Il n'y avait rien. La lampe dans les rochers au flanc de la colline était à peine un point lumineux et au bout d'un moment ils firent demi-tour. Tout était beaucoup trop mouillé pour allumer un feu. Ils mangèrent froid leur pauvre repas et s'allongèrent dans leur couchage, la lampe posée entre eux. Il avait apporté le livre du petit mais le petit était trop fatigué pour lire. On peut laisser la lampe allumée jusqu'à ce que je m'endorme ? dit-il. Oui. Bien sûr.

Il mit longtemps à s'endormir. Au bout d'un moment il se tourna et regarda l'homme. Dans la faible lueur son visage marqué des stries noires de la pluie pareil au visage d'un comédien du monde antique. Je peux te demander quelque chose ? dit-il.

Oui. Évidemment.

Est-ce qu'on va mourir ?

Un jour. Pas maintenant.

Et on va toujours vers le sud.

Oui.

Pour avoir chaud.

Oui.

D'accord.

15

D'accord pour quoi ?

Pour rien. Juste d'accord.

Dors maintenant.

D'accord.

Je vais souffler la lampe. D'accord ?

Oui. D'accord.

Et plus tard dans l'obscurité : Je peux te demander quelque chose ?

Oui. Évidemment.

Tu ferais quoi si je mourais ?

Si tu mourais je voudrais mourir aussi.

Pour pouvoir être avec moi ?

Oui. Pour pouvoir être avec toi.

D'accord.

Il était couché et écoutait le bruit des gouttes dans les bois. De la roche nue, par ici. Le froid et le silence. Les cendres du monde défunt emportées çà et là dans le vide sur les vents froids et profanes. Emportées au loin et dispersées et emportées encore plus loin. Toute chose coupée de son fondement. Sans support dans l'air chargé de cendre. Soutenue par un souffle, tremblante et brève. Si seulement mon cœur était de pierre.

Il s'était réveillé avant l'aube et regardait poindre le jour gris. Lent et presque opaque. Il se leva pendant que le petit dormait et il mit ses chaussures et enveloppé dans sa couverture il partit entre les arbres. Il descendit dans une anfractuosité de la paroi rocheuse et là il s'accroupit et se mit à tousser et il toussa pendant un long moment. Puis il resta agenouillé dans les cendres. Il leva son visage vers le jour pâlissant. Il chuchota : Es-tu là ? Vais-je te voir enfin ? As-tu un cou que je puisse t'étrangler ? As-tu un cœur ? Maudit sois-tu pour l'éternité as-tu une âme ? Oh Dieu, chuchotait-il. Oh Dieu.

Ils traversèrent la ville à midi le lendemain. Il gardait le revolver à portée de main sur la bâche pliée en haut du caddie. Il gardait le petit à son côté, tout près de lui. La ville était en grande partie incendiée. Aucun signe de vie. Des voitures sous un agglomérat de cendre dans la rue, toute chose recouverte de cendre et de poussière. Des empreintes fossiles dans la boue séchée. Dans une entrée un cadavre desséché qui n'était plus que du cuir. Grimaçant comme pour insulter le jour. L'homme tira l'enfant contre lui. Rappelle-toi que les choses que tu te mets dans la tête y sont pour toujours, dit-il. Il faudra peut-être que t'y penses.

Il y a des choses qu'on oublie, non ?

Oui. On oublie ce qu'on a besoin de se rappeler et on se souvient de ce qu'il faut oublier.

Il y avait un lac à quinze cents mètres de la ferme de son oncle où son oncle et lui avaient coutume d'aller à l'automne pour ramasser du bois de feu. Il s'asseyait à l'arrière de la barque à rames en laissant sa main traîner dans le sillage froid pendant que son oncle se penchait sur les avirons. Les pieds du vieil homme dans leurs souliers de daim noir calés contre les montants. Son chapeau de paille. Sa pipe de maïs entre les dents et un mince filet de bave qui se balançait suspendu au fourneau de la pipe. Il tournait la tête pour prendre un repère sur la rive d'en face, retenant les poignées des rames, retirant la pipe de sa bouche pour s'essuyer le menton du revers de la main. La rive était bordée de bouleaux, leurs troncs d'une pâleur d'os se détachant sur l'arrière-plan plus sombre des conifères. Le bord du lac n'était qu'un fouillis de souches tordues, grises et rongées par les intempéries, les ventis d'un ouragan d'il y avait des années. Les arbres eux-mêmes avaient été depuis longtemps sciés pour servir de bois de feu et emportés. Son oncle faisait pivoter la barque et rentrait les rames à l'intérieur et ils dérivaient sur les fonds sablonneux jusqu'à ce que l'arcasse racle le sable. Une perche morte traînant le ventre en l'air dans l'eau limpide. Les feuilles jaunes. Ils laissaient leurs chaussures sur les planches peintes toutes chaudes et tiraient la barque plus haut sur la plage et jetaient l'ancre à l'extrémité de sa corde. Une cantine remplie de ciment avec un anneau au milieu. Pendant qu'ils marchaient le long de la rive son oncle examinait les souches d'arbre, tirant sur sa pipe, une corde de chanvre enroulée à son épaule. Il en choisissait une et ils la retournaient et la tiraient par les racines jusqu'à ce qu'elle flotte à moitié dans l'eau. Leurs pantalons retroussés jusqu'aux genoux ils se mouillaient quand même. Ils nouaient la corde à un taquet à l'arrière de la barque et retraversaient le lac à la rame, traînant la souche par lentes saccades derrière eux. À ce moment-là, c'était déjà le soir. Rien que le crissement et le frottement réguliers des tolets. Le verre sombre du lac et les lumières des fenêtres qui s'allumaient le long de la rive. Une radio quelque part. Ni l'un ni l'autre n'avaient prononcé un seul mot. C'était la journée parfaite de son enfance. La journée sur laquelle modeler les jours.

Dans les jours et les semaines qui suivirent ils marchèrent vers le sud. Solitaires et fourbus. Une contrée à vif de collines. Des constructions d'aluminium. Par moments ils apercevaient des tronçons de l'autoroute en bas, entre les peuplements dénudés de bois de repousse. Le froid et un froid de plus en plus mordant. Juste après le col ils s'arrêtèrent dans la montagne et contemplèrent l'immense gouffre au sud, où le pays avait été consumé par le feu aussi loin que portait le regard, les formes noircies des rochers émergeant des bancs de cendre et les tourbillons de cendre soulevés et soufflés sur le bas pays à travers cette désolation. Le morne soleil invisible sur sa trajectoire de l'autre côté des ténèbres.

Ils mirent des jours à traverser ce terrain cautérisé. Le petit avait trouvé des craies et peint des crocs de fauve sur son masque et il marchait sans se plaindre. Une des roues avant du caddie était en train de lâcher. Qu'y faire ? Rien. Là où tout était brûlé et réduit en cendres devant eux il n'était pas question de faire du feu et les nuits étaient longues et sombres et froides plus que tout ce qu'ils avaient connu jusqu'à présent. Froides à faire éclater les pierres. À vous ôter la vie. Il serait contre lui le petit qui grelottait et il comptait dans le noir chacune de ses fragiles respirations.

Il se réveilla au bruit d'un lointain grondement de tonnerre et se redressa. L'indécise lumière tout autour, frissonnante et sans origine, réfractée dans l'averse de suie à la dérive. Il tira sur eux la bâche et resta un long moment éveillé, aux aguets. S'ils se faisaient mouiller il n'y aurait pas de feu auprès duquel se sécher. S'ils se faisaient mouiller sans doute qu'ils mourraient.

Le noir dans lequel il se réveillait ces nuits-là était aveugle et impénétrable. Un noir à se crever le tympan à force d'écouter. Il était souvent obligé de se lever. Pas d'autre bruit que le vent dans les arbres dépouillés et noircis. Il se levait et titubait dans cette froide obscurité autiste, les bras tendus devant lui pour trouver son équilibre tandis que les mécanismes vestibulaires faisaient leurs calculs dans son crâne. Une vieille histoire. Trouver la station verticale. Aucune chute qui ne soit précédée d'une inclinaison. Il entrait à grandes enjambées dans le néant, comptant les pas pour être sûr de pouvoir revenir. Yeux fermés, bras godillant. Verticale par rapport à quoi ? Une chose sans nom dans la nuit, filon ou matrice. Dont ils étaient lui et les étoiles un satellite commun. Comme le grand pendule dans sa rotonde transcrivant tout au long du jour les mouvements de l'univers dont on peut dire qu'il ne sait rien et qu'il doit connaître pourtant.

Il leur fallut deux jours pour franchir cette zone érodée recouverte de cendre. La route plus loin longeait la crête d'une arête d'où les bois nus plongeaient de chaque côté dans le vide. Il neige, dit le petit. Il regardait le ciel. Un seul flocon gris qui descendait, lentement tamisé. Il le saisit dans sa main et le regarda expirer là, comme la dernière hostie de la chrétienté.

Ils continuaient, avançant avec peine, serrés tous deux sous la bâche. Les flocons gris mouillés, tournoyant et tombant, surgis de rien. De la boue grise au bord de la route. De l'eau noire ruisselant des congères de cendre détrempées. Plus de feux de joie sur les crêtes lointaines.

Il se dit que les sectes sanguinaires s'étaient sans doute mutuellement consumées. Personne ne circulait sur cette route. Ni brigands, ni pillards. Au bout d'un moment ils arrivèrent devant un garage au bord de la route et ils s'abritèrent sous la voûte du portail ouvert, regardant dehors les rafales grises de neige fondue déferler du pays d'en haut.

Ils rassemblèrent quelques vieilles caisses et firent du feu à même le sol et il trouva des outils et vida le caddie et s'assit pour réparer la roue. Il retira le boulon et perça la douille avec une chignole et la rebagua avec un tronçon de tuyau qu'il avait découpé à la bonne longueur à l'aide d'une scie à métaux. Puis il revissa le tout et remit le caddie debout et fit le tour du garage en le poussant. Le caddie tenait plus ou moins droit. Le petit avait observé chacun de ses gestes.

Au matin ils repartirent. Une zone dévastée. Une peau de sanglier clouée à la porte d'une grange. Minable. Un petit bout de queue. À l'intérieur de la grange trois corps pendus aux poutres, desséchés et poussiéreux parmi les vagues rais de lumière. Il pourrait y avoir quelque chose ici, dit le petit. Il pourrait y avoir un peu de maïs ou j'sais pas quoi. Partons, dit l'homme.

Ce qui l'inquiétait le plus c'étaient leurs chaussures. Ça et la nourriture. Toujours la nourriture. Dans un vieux fumoir à pans de bois ils avaient trouvé un jambon perché dans un coin tout en haut. Tellement rassis et racorni, comme si on l'avait sorti d'une tombe. Il y plongea son couteau. À l'intérieur une viande grenat et salée, savoureuse et nourrissante. Ils en mirent à frire cette nuit-là au-dessus de leur feu, des tranches épaisses qu'ils firent rissoler avec des haricots blancs en conserve. Plus tard quand il se réveilla dans le noir il crut qu'il avait entendu des battements de tam-tams qui venaient de quelque part dans les sombres collines. Puis le vent tourna et il n'y eut que le silence.

Dans ses rêves quand sa pâle fiancée venait vers lui elle sortait d'un dais de feuillage verdoyant. Ses mamelons frottés d'argile blanche et ses côtes peintes en blanc. Elle portait une robe de gaze et sa sombre chevelure était maintenue très haut par des peignes d'ivoire, des peignes d'écaille. Son sourire, ses yeux baissés. Au matin il se remit à neiger. Des perles de petits glaçons gris suspendues le long des fils électriques.

Il se méfiait de tout cela. Il disait que les rêves qui convenaient à un homme en péril étaient les rêves de danger et que tout le reste était une invite à la langueur et à la mort. Il dormait peu et il dormait mal. Il avait rêvé qu'ils marchaient dans un bois en fleurs où des oiseaux s'envolaient devant eux, l'enfant et lui, et où le ciel était d'un bleu à faire mal mais il apprenait à se réveiller de ces univers trop sereins. Allongé là dans l'obscurité tandis que s'évaporait dans sa bouche l'insolite saveur d'une pêche d'un verger fantôme. Il se disait que s'il vivait assez longtemps le monde aurait à la fin tout à fait disparu. Comme le monde mourant qu'habite l'aveugle quand il vient de perdre la vue, quand toute chose de ce monde s'efface lentement de la mémoire.

Sur la route en plein jour pas moyen d'échapper aux rêves éveillés. Il continuait. Il pouvait tout se rappeler d'elle, sauf son odeur. Assis dans une salle de concert auprès d'elle qui écoutait la musique, penchée en avant. Les volutes et les torchères dorées et les hautes colonnes des rideaux repliés de chaque côté de la scène. Elle lui tenait la main et la gardait sur ses genoux et il sentait le haut de ses bas à travers la mince étoffe de la robe d'été. Arrête-toi sur cette image. Maintenant insulte ton froid et tes ténèbres et sois maudit.

Il avait confectionné des brosses avec deux vieux balais qu'il avait trouvés et les avait fixées au caddie avec du fil de fer pour écarter les branches de la route devant les roues et il installa le petit dans le panier en haut du caddie. Il se mit debout sur la barre arrière comme un meneur de chiens de traîneau et ils dévalaient comme ça les descentes, guidant le caddie avec leurs corps dans les virages à la façon des pilotes de bob. Le petit riait. C'était la première fois depuis longtemps qu'il le voyait rire.

En haut de la côte il y avait un tournant et une bifurcation. Une ancienne piste qui partait à travers les bois. Ils sortirent de la route et s'assirent sur un replat, balayant du regard la vallée où les ondulations de terrain disparaissaient dans le brouillard granuleux. Un lac là-bas. Froid et gris et lourd au fond de la cuvette dans le paysage dénudé.

Qu'est-ce que c'est, Papa ?

C'est un barrage.

À quoi ça sert ?

À faire le lac. Avant qu'on construise le barrage il n'y avait qu'une rivière là-bas. Le barrage utilisait l'eau qui passait à travers pour faire tourner de grands éventails qu'on appelait des turbines et qui produisaient de l'électricité.

Pour faire de la lumière.

Oui. Pour faire de la lumière.

On peut aller là-bas pour voir ?

Je crois que c'est trop loin.

Le barrage sera encore là longtemps ?

Je pense. Il est construit en béton. Il sera sans doute là pendant des centaines d'années. Des milliers, même.

Tu crois qu'il pourrait y avoir des poissons dans le lac ?

Non. Il n'y a rien dans le lac.

Jadis, il y avait de cela très longtemps, quelque part tout près d'ici il avait vu un faucon descendre en piqué le long mur bleu de la montagne pour plonger sur une volée de grues sauvages et de la pointe de son bréchet briser celle du milieu et l'emporter pantelante et désarticulée en bas vers la rivière avec son plumage défait et hirsute flottant derrière elle dans l'air immobile de l'automne.

L'air granuleux. Ce goût qu'il avait ne vous sortait jamais de la bouche. Ils restaient debout sans bouger sous la pluie comme des animaux de ferme. Puis ils repartaient, tenant la bâche au-dessus de leurs têtes dans le morne crachin. Ils avaient les pieds mouillés et transis et leurs chaussures partaient en morceaux. À flanc de collines d'anciennes cultures couchées et mortes. Sur les lignes de crête les arbres dépouillés noirs et austères sous la pluie.

Et les rêves si riches en couleurs. La mort aurait-elle un autre moyen de t'appeler ? Rien que de se réveiller dans l'aube froide tout retombait en cendre instantanément. Comme certaines fresques antiques ensevelies depuis des siècles quand elles sont exposées soudain à la lumière du jour.

Le temps se levait et le froid faiblissait et ils arrivèrent enfin dans le bas pays où la vallée de la rivière s'élargissait, les parcelles agricoles encore visibles, toute chose morte jusqu'à la racine sur le sol nu des bas-fonds. Ils allaient bon train sur le macadam. De hautes maisons à pans de bois. Des toitures métalliques en préfabriqué. Dans un champ une grange en rondins la pente du toit recouverte d'une publicité en lettres de trois mètres de haut à demi effacées : Visitez Rock City.

Des haies au bord de la route il ne restait que des rangées de ronces noires et tortues. Aucun signe de vie. Il laissa le petit debout sur la route avec le revolver à la main pendant qu'il grimpait un ancien escalier de pierre à chaux et qu'il longeait la véranda de la maison de ferme avec la main en visière pour essayer de voir à l'intérieur par les fenêtres. Il entra par la cuisine. Des ordures par terre, du vieux papier journal. De la porcelaine dans un vaisselier, des tasses suspendues par leurs anses. Il longea le couloir et s'arrêta à la porte du salon. Il y avait un antique harmonium dans un coin.

Un téléviseur. De pauvres meubles capitonnés et un vieux chiffonnier en merisier fait à la main. Il grimpa l'escalier et fit le tour des chambres. Tout était recouvert de cendre. Une chambre d'enfant avec sur le rebord de la fenêtre un chien empaillé la tête tournée vers le jardin. Il inspecta les placards. Il défit les lits et récupéra deux bonnes couvertures de laine et redescendit l'escalier. Dans l'office il y avait trois bocaux de tomates, des conserves maison. Il souffla sur les couvercles pour enlever la poussière et les examina. Quelqu'un avant lui s'en était méfié et finalement il ne leur fit pas confiance non plus et il sortit avec les couvertures sur l'épaule et ils repartirent le long de la route.

Dans les faubourgs de la ville ils arrivèrent à un supermarché. Quelques vieilles voitures dans le parc de stationnement jonché d'ordures. Ils laissèrent le caddie sur le parking et longèrent les allées pleines de détritus entre les rayons. Dans la section des produits frais ils trouvèrent au fond des bacs de vieux haricots d'Espagne et ce qui semblait avoir été jadis des abricots, depuis longtemps desséchés au point de n'être plus qu'une effigie ridée d'eux-mêmes. Le petit suivait. Ils sortirent par la porte de service. Dans l'allée derrière le magasin plusieurs caddies, tous affreusement rouillés. Ils firent encore une fois le tour du magasin à la recherche d'un autre caddie mais il n'y en avait pas. Par terre près de la porte il y avait deux distributeurs de boissons sans alcool qui avaient été renversés et forcés avec un pied-de-biche. Des pièces de monnaie partout dans la cendre. Il s'assit et passa la main dans le mécanisme des distributeurs éventrés et dans le deuxième distributeur sa main se referma sur quelque chose de froid. Un cylindre métallique. Il retira lentement sa main et resta cloué sur place devant un Coca-Cola.

Qu'est-ce que c'est, Papa ?

Quelque chose de bon. Pour toi.

Qu'est-ce que c'est ?

Attends. Assieds-toi.

Il dégagea les courroies du sac à dos du petit et posa le sac par terre derrière lui et glissa l'ongle de son pouce sous la bague d'aluminium en haut de la cannette et l'ouvrit. Il approcha ses narines de la mousse légère qui sortait de la cannette puis il la tendit au petit. Vas-y, dit-il.

Le petit prit la cannette et but. Ça fait des bulles, dit-il.

Vas-y.

Il leva les yeux sur son père puis il inclina la cannette et but. Il réfléchit un moment. C'est très bon, dit-il.

Oui, c'est bon.

Prends-en un peu, Papa.

Je veux que tu boives tout.

Prends-en un peu.

Il prit la cannette et but une gorgée et rendit la cannette au petit. Bois tout, dit-il. Restons ici un moment.

C'est parce que j'en aurai jamais d'autre à boire, hein ?

C'est long jamais.

D'accord, dit le petit.

Au crépuscule le lendemain ils étaient dans la ville. Les longues rampes de béton des échangeurs de l'autoroute pareilles aux ruines d'un vaste palais des mirages sur la toile de fond des ténèbres. Il portait le revolver devant, à la ceinture, en gardant sa parka ouverte. Partout les morts momifiés. La chair fendue le long des os, les ligaments

27

desséchés réduits à l'état de lanières et tendus comme du fil de fer. Leurs visages de drap bouilli ratatinés et rétrécis comme jadis les trolls des marais, les palissades jaunies de leurs dents. Ils étaient tous déchaux jusqu'au dernier comme des pèlerins d'un ordre inférieur car toutes leurs chaussures avaient été depuis longtemps volées.

Ils continuaient. Il surveillait constamment leurs arrières dans le rétroviseur. La seule chose qui bougeait dans les rues c'était la cendre volante. Ils traversèrent le pont de béton très haut au-dessus de la rivière. Un mouillage au-dessous. De petits bateaux de plaisance à moitié coulés dans l'eau grise. En aval les hautes cheminées d'usine vaguement dessinées dans la suie.

Le lendemain à quelques kilomètres au sud de la ville dans un tournant de la route ils découvrirent une vieille maison à pans de bois à moitié cachée dans les ronces mortes, avec des cheminées et des pignons et un mur de pierre. L'homme s'arrêta. Puis il s'engagea dans l'allée en poussant le caddie.

C'est quoi ici, Papa ?

C'est la maison où j'ai grandi.

Le petit s'était arrêté et regardait la maison. Les lattes à la peinture écaillée avaient pour la plupart disparu du bas des murs pour servir de bois de feu, livrant aux regards les poteaux et le matériel d'isolation. La porte moustiquaire pourrie gisait derrière la maison sur la terrasse cimentée.

On va entrer là-dedans ?

Pourquoi pas ?

J'ai peur.

Tu ne veux pas voir où j'habitais ?

Non.

Il n'y a rien à craindre.

Il y a peut-être quelqu'un ici.

Je ne crois pas.

Mais suppose que si ?

Il s'était arrêté les yeux levés sur le pignon de sa chambre d'autrefois. Tu veux attendre ici ?

Non. Tu dis toujours ça.

Je te demande pardon.

Je sais. Mais tu le dis quand même.

Ils se débarrassèrent de leurs sacs à dos et les laissèrent sur la terrasse et se frayèrent un chemin sur la véranda en repoussant du pied les détritus et entrèrent dans la cuisine. Le petit ne lâchait pas sa main. Tout était plus ou moins comme il s'en souvenait. Les pièces vides. Dans le réduit derrière la salle à manger il y avait un petit lit en fer sans literie, une table métallique pliante. La même grille en fonte dans la petite cheminée. Les lambris en pin avaient disparu des murs, ne laissant que les montants. Il s'était arrêté. Cherchant à tâtons avec le pouce dans le bois peint du manteau de la cheminée les trous des punaises auxquelles étaient suspendues les chaussettes quarante ans auparavant. C'était ici qu'on fêtait Noël quand j'étais petit. Il se retourna et regarda dehors la cour dévastée. Un fouillis de lilas morts. La forme d'une haie. Par les froides nuits d'hiver quand l'électricité était coupée à cause d'une tempête on s'asseyait ici devant le feu, mes sœurs et moi, pour faire nos devoirs. Le petit le regardait. Regardait des formes le réclamer qu'il ne pouvait pas voir. On ferait mieux de partir, Papa, dit-il. Oui, dit l'homme. Mais il ne partait pas.

Ils passèrent par la salle à manger où la brique réfractaire de l'âtre était aussi jaune que le jour où on l'avait posée parce que sa mère ne pouvait pas supporter de la voir noircie. Le parquet avait gonflé à cause de l'eau de pluie. Dans le séjour un tas d'os d'un petit animal démembré. Peut-être un chat. Une chope de verre près de la porte. Le petit s'agrippait à sa main. Ils montèrent l'escalier et tournèrent et longèrent le couloir. De petits cônes de plâtre humide par terre. Les lattes de bois du plafond mises à nu. Il s'arrêta sur le seuil de sa chambre. Un petit local sous les combles. C'était ici que je dormais autrefois. Mon lit était contre ce mur-là. Dans les nuits par milliers pour rêver les rêves d'une imagination enfantine, des mondes luxuriants ou terrifiants mais jamais comme celui qui allait être. Il ouvrit la porte du placard, s'attendant presque à y trouver ses affaires d'enfant. Le jour filtrait par la toiture, cru et froid. Gris comme son cœur.

On devrait partir, Papa. On peut y aller ?

Oui. On peut y aller.

J'ai peur.

Je sais. Je te demande pardon.

J'ai très peur.

Je comprends. On n'aurait pas dû venir.

Trois nuits plus tard dans les contreforts des montagnes à l'est il se réveilla dans l'obscurité. Il entendait quelque chose approcher. Il était allongé par terre, les mains de chaque côté du corps. Le sol tremblait. Ça venait vers eux.

Papa ? dit le petit. Papa ?

Chut. C'est rien.

Qu'est-ce que c'est, Papa ?

Ça se rapprochait, avec un bruit de plus en plus fort. Tout tremblait. Puis ça passa au-dessous d'eux comme une rame de métro et ça s'éloigna dans la nuit et disparut. Le petit s'agrippait à lui en pleurant, sa tête enfouie contre sa poitrine. Chut, ça va maintenant.

J'ai tellement peur.

Je sais. Ça va. C'est fini.

Qu'est-ce que c'était, Papa ?

C'était un tremblement de terre. C'est fini maintenant. Tout va bien. Chut.

Dans les premières années les routes étaient peuplées de fugitifs disparaissant sous leurs habits. Portant des masques et des lunettes de plongée, en guenilles, assis au bord de la route comme des aéronautes en détresse. Leurs brouettes encombrées de tout un bric-à-brac. Remorquant des charrettes ou des caddies. Leurs yeux luisant dans leurs crânes. Coquilles sans foi de créatures marchant en titubant sur les levées le long des marais tels des vagabonds sur une terre en délire. La fragilité de tout enfin révélée. D'anciennes et troublantes questions se dissolvant dans le néant et dans la nuit. L'ultime expression d'une chose emporte avec elle la catégorie. Éteint la lumière et disparaît. Regarde autour de toi. C'est long jamais. Mais le petit savait ce qu'il savait. Que jamais c'est à peine un instant.

Il était assis dans une maison abandonnée devant une fenêtre grise dans le jour gris d'une fin d'après-midi et lisait de vieux journaux pendant que le petit dormait. Ces curieuses nouvelles. Ces bizarres préoccupations.

Le Primrose ferme à huit heures. Il regardait le petit dormir. En seras-tu capable ? Le moment venu ? En seras-tu capable ?

Ils étaient accroupis sur la route et mangeaient du riz froid et des haricots froids qu'ils avaient fait cuire il y avait des jours de cela. Qui commençaient déjà à fermenter. Pas un endroit où allumer un feu qui ne serait pas visible. Ils dormaient blottis l'un contre l'autre sous leurs couettes fétides dans l'obscurité et le froid. Il serrait le petit contre lui. Si maigre. Mon cœur, disait-il. Mon cœur. Mais il savait que même s'il était un père aimant les choses pouvaient bien être comme elle l'avait dit. Que l'enfant était tout ce qu'il y avait entre lui et la mort.

Tard dans l'année. Il savait à peine quel mois. Il pensait qu'ils avaient assez de nourriture pour traverser les montagnes mais il n'y avait pas moyen de le dire. Le col à la ligne de partage des eaux était à seize cents mètres d'altitude et il allait faire très froid. Il disait qu'il fallait à tout prix atteindre la côte, pourtant quand il se réveillait la nuit il savait que ce n'étaient là que des mots vides et sans substance. Qu'il y avait une bonne chance qu'ils meurent dans les montagnes et que ce serait fini.

Ils traversèrent les ruines d'une station touristique et prirent la route du sud. Des forêts incendiées sur des kilomètres au flanc des pentes et de la neige plus tôt qu'il n'aurait pensé. Aucune empreinte sur la route, rien de vivant nulle part. Les blocs erratiques noircis par le feu semblables à des formes d'ours sur les pentes couvertes de bois dénudés. Il s'était arrêté sur un pont de pierre là où les eaux boueuses tombaient dans un bief et se muaient lentement en écume grise. Où il avait autrefois regardé les truites ondoyer dans le courant, suivant du regard leurs ombres parfaites sur les pierres du fond. Ils repartirent, le petit peinant dans sa trace. S'appuyant au caddie, grimpant lentement lacet après lacet. Des feux brûlaient encore en haut des montagnes et la nuit leur sombre lueur orange était visible à travers le rideau de suie. Il faisait plus froid mais ils laissaient leurs feux de bivouac brûler toute la nuit et les laissaient allumés derrière eux quand ils repartaient au matin. Il avait entouré leurs pieds de toile à sac nouée avec un cordon et pour l'instant la couche de neige n'était que de quelques centimètres mais il savait que si ça devenait beaucoup plus épais ils seraient forcés d'abandonner le caddie. C'était déjà dur de marcher et il s'arrêtait souvent pour se reposer. Se traînant jusqu'au bord de la route et là debout penché en avant les mains sur les genoux, le dos tourné à l'enfant, il toussait. Il se redressait et restait immobile avec les yeux qui pleuraient. Sur la neige grise un fin brouillard sanguinolent.

Ils établirent leur bivouac au pied d'un rocher et il improvisa un abri avec des bâtons et la bâche. Il alluma un feu et ils firent un grand tas de broussailles pour avoir suffisamment de bois pour la nuit. Ils s'étaient confectionné un matelas sur la neige en entassant des branches de ciguë morte et ils étaient assis enveloppés dans leurs couvertures, contemplant le feu et buvant le dernier reste du cacao récupéré des semaines plus tôt. Il s'était remis à neiger, les flocons à la dérive tombaient doucement, filtrés par l'obscurité. Il somnolait dans l'exquise chaleur. L'ombre du petit venait de passer devant lui. Portant une brassée de bois. Il le regardait attiser les flammes. Gardien du feu divin. Les étincelles fusaient et mouraient dans l'obscurité sans étoiles. Les mots des mourants ne sont pas tous vrais et cette bénédiction n'en est pas moins réelle d'être coupée de son origine.

Au petit matin quand il se réveilla le feu était bas et il ne restait que des braises et il partit vers la route. Tout flamboyait. Comme si le soleil disparu revenait enfin. La neige orange et frémissante. Un feu de forêt progressait dans la boîte d'amadou des crêtes, se déployant et chatoyant sur la couverture nuageuse à la façon des aurores boréales. Aussi froid qu'il fît, il resta longtemps sans bouger. La couleur de ce qu'il voyait remuait quelque chose en lui qui était depuis longtemps oublié. Fais une liste. Récite une litanie. Souviens-toi.

Il faisait plus froid. Rien ne bougeait sur ces hautes terres. Une forte odeur de fumée de bois restait suspendue au-dessus de la route. Il poussait le caddie à travers la neige. Quelques kilomètres chaque jour. Il ne savait pas du tout à quelle distance ils pouvaient être du sommet. Ils mangeaient chichement et ils avaient tout le temps faim. Il fit halte pour scruter l'horizon. Très loin en bas une rivière. Jusqu'où étaient-ils arrivés ?

Dans son rêve elle était malade et il la soignait. Le rêve avait l'apparence d'un sacrifice mais il l'interprétait différemment. Il ne prenait pas soin d'elle et elle mourait seule quelque part dans l'obscurité et il n'y a pas d'autre rêve ni d'autre monde au réveil et il n'y a pas d'autre histoire à raconter.

Sur cette route il n'y a pas d'hommes du Verbe. Ils sont partis et m'ont laissé seul. Ils ont emporté le monde avec eux. Question : Quelle différence y a-t-il entre ne sera jamais et n'a jamais été ?

L'obscurité de la lune invisible. Les nuits à peine un peu moins noires à présent. Le jour le soleil banni tourne autour de la terre comme une mère en deuil tenant une lampe.

Des gens assis sur le trottoir dans la lueur de l'aube à moitié immolés et fumant dans leurs vêtements. Comme des adeptes d'une secte qui auraient manqué leur suicide. D'autres viendraient les aider. L'année à peine écoulée c'étaient des feux sur les crêtes et des psalmodies de gens dérangés. Les hurlements des gens mis à mort. En plein jour les morts empalés sur des pics au bord de la route. Qu'avaient-ils fait ? L'idée lui vint qu'il se pourrait même dans l'histoire du monde qu'il y eût plus de châtiments que de crimes mais il n'en tirait guère de réconfort.

L'air devenait plus mince et il pensait que le sommet ne pouvait pas être loin. Demain peut-être. Demain arrivait et repartait. Il ne s'était pas remis à neiger mais il y avait quinze centimètres de neige sur la route et gravir ces pentes en poussant le caddie était une tâche épuisante.

Il se dit qu'ils seraient obligés de l'abandonner. Quel poids pourraient-ils porter ? Il s'arrêta et parcourut du regard les pentes dénudées. La neige qui se couvrait de cendre en devenait presque noire.

À chaque tournant il avait l'impression que le col était juste devant eux puis un soir il s'arrêta et regarda tout autour et il le reconnut. Il ouvrit le haut de la fermeture éclair de sa parka et abaissa le capuchon et resta un moment à écouter. Le vent dans les buissons noirs de ciguë morte. Le parking vide au point panoramique. Le petit était debout à côté de lui. Là où il avait été lui-même avec son propre père un jour d'hiver il y avait si longtemps. Qu'est-ce que c'est, Papa ? dit le petit.

C'est le col. On y est.

Le lendemain matin ils furent vite repartis. Il faisait très froid. Au début de l'après-midi il se remit à neiger et ils établirent leur bivouac de bonne heure et s'abritèrent sous l'auvent de la bâche et regardèrent la neige tomber dans les flammes. Au matin il y avait plusieurs centimètres de neige fraîche par terre mais la neige s'était arrêtée et il régnait un tel silence qu'ils pouvaient presque entendre battre leur cœur. Il empila du bois sur les braises et ranima le feu et se fraya un chemin à travers les congères pour aller dégager le caddie. Il tria les boîtes de conserve et revint et ils s'assirent près du feu et mangèrent leurs derniers biscuits salés et des saucisses en conserve. Dans une poche de son sac à dos il avait trouvé un ultime demi-paquet de cacao et il en prépara une tasse pour le petit puis il versa de l'eau chaude dans sa tasse à lui et souffla sur le bord.

Tu avais promis de ne pas faire ça, dit le petit.

De ne pas faire quoi ?

Tu sais bien quoi, Papa.

Il reversa l'eau chaude dans la casserole et prit la tasse du petit et versa un peu de cacao dans la sienne et lui rendit sa tasse.

Il faut que je te surveille tout le temps, dit le petit.

Je sais.

Si tu manques aux petites promesses tu manqueras aux grandes, c'est ce que tu as dit.

Je sais. Mais je tiendrai parole.

Passé le col il leur fallut toute la journée pour descendre le versant sud. Dans les congères trop profondes le caddie n'avançait pas et il était obligé de le tirer derrière lui d'une main tout en s'ouvrant une trace dans la neige. Partout ailleurs que dans les montagnes ils auraient pu trouver quelque chose qui leur aurait servi de luge. Une vieille enseigne métallique ou de la tôle de toiture. Les bandages sur leurs pieds étaient transpercés et ils passèrent toute la journée trempés et transis. Il s'appuyait au caddie pour reprendre haleine pendant que le petit attendait. Il y eut un violent craquement quelque part dans la montagne. Puis un autre. C'est juste un arbre qui tombe, dit-il. C'est rien. Le petit regardait les arbres morts au bord de la route. C'est rien, dit l'homme. Les arbres de la terre vont tous tomber tôt ou tard. Mais pas sur nous.

Comment tu le sais ?

Je le sais. Voilà tout.

Pourtant ils arrivèrent devant des arbres tombés en travers de la route et ils furent obligés de décharger le caddie et de tout porter à la main par-dessus les troncs puis de tout recharger de l'autre côté. Le petit retrouva des jouets qu'il avait oubliés. Il garda sorti un camion jaune et ils repartirent avec le camion posé en haut du caddie sur la bâche.

Ils établirent leur bivouac sur une langue de terre au bord de la route de l'autre côté d'un ruisseau gelé. Le vent avait chassé la cendre de la glace et la glace était noire et le ruisseau ressemblait à un sentier de basalte qui serpentait à travers les bois. Ils ramassèrent du bois de feu sur le versant nord où il n'était pas aussi mouillé, poussant devant eux des arbres entiers et les traînant jusqu'au bivouac. Ils firent un feu et déplièrent leur bâche et suspendirent leurs vêtements mouillés à des bâtons sur lesquels ils fumaient et empestaient et ils s'assirent enveloppés tout nus dans les couettes, l'homme tenant les pieds du petit contre son ventre pour les réchauffer.

Il s'était réveillé pendant la nuit en pleurnichant et l'homme le serrait contre lui. Chut, disait-il. Chut. C'est rien.

J'ai fait un cauchemar.

Je sais.

Il faut que je te dise ce que c'était ?

Si tu veux.

J'étais avec mon pingouin à ressort et il pataugeait et remuait ses nageoires. Et nous on était dans la maison où on habitait avant et le pingouin est arrivé au coin mais on n'avait pas remonté le ressort et ça me faisait très peur.

D'accord.

Ça me faisait encore beaucoup plus peur dans le rêve.

Je sais. Il y a des rêves qui font très peur.

Pourquoi j'ai fait un rêve où j'avais tellement peur?

J'en sais rien. Mais c'est fini maintenant. Rendors-toi.

Le petit ne répondait pas. Puis il dit: Le ressort ne tournait pas.

Il leur fallut quatre jours de plus pour descendre et quitter la neige et même là il en restait des plaques dans certains tournants de la route et même plus loin la route était encore noire et mouillée à cause des eaux de ruissellement qui venaient d'en haut. Au pied de la pente ils arrivèrent au bord d'un profond défilé et tout en bas loin dans l'obscurité il y avait un torrent. Ils firent halte pour écouter.

De hautes falaises rocheuses de l'autre côté du canyon avec de minces arbres noirs accrochés à l'escarpement. Le bruit du torrent faiblissait. Puis revenait. Un vent froid qui soufflait du pays d'en bas. Il leur fallut toute la journée pour atteindre le torrent.

Ils laissèrent le caddie dans un parking et continuèrent à travers les bois. Un sourd grondement du côté du torrent. C'était une cascade qui se précipitait d'une haute plateforme rocheuse et, dans un voile de brume gris, retombait dans le bief une vingtaine de mètres plus bas. Ils sentaient l'odeur de l'eau et ils sentaient le froid qui émanait de l'eau. Un banc de gravier mouillé.

Il s'était arrêté et observait le petit. Ouah, fit le petit. Il ne pouvait pas détacher les yeux de la cascade.

Il s'accroupit et prit dans ses mains une poignée de galets et les flaira et les lâcha et les galets retombèrent avec de petits claquements secs. Polis et ronds et lisses comme des billes ou des pastilles de pierre veinées et rayées. De minuscules disques noirs et des bouts de quartz polis tout luisants à cause de la buée qui venait du torrent. Le petit s'avança et s'accroupit et fit gicler l'eau noire.

La cascade tombait dans le bief presque en son milieu. Une écume grise tourbillonnait. Ils étaient debout côte à côte et se parlaient en criant par-dessus le vacarme.

C'est froid ?

Oui. C'est glacé.

Tu as envie d'y aller ?

Je ne sais pas.

Bien sûr que si.

Tu veux bien ?

Vas-y.

Il ouvrit la fermeture éclair de sa parka et laissa la parka tomber sur le gravier et le petit se releva et ils se déshabillèrent et entrèrent dans l'eau. Pâles et frissonnants fantômes. De voir le petit si maigre lui crevait le cœur. Il plongea la tête la première et remonta en haletant et tourna et se redressa en battant des bras.

Je n'ai pas pied ? cria le petit.

Si. Viens.

Il fit demi-tour et nagea jusqu'à la chute d'eau et laissa l'eau lui marteler le corps. Le petit était debout dans le bief avec de l'eau jusqu'à la ceinture, se tenant les épaules et sautillant. L'homme revint le chercher. Il le tenait et le poussait en le faisant flotter, le petit suffoquant et battant l'eau. Bravo, disait l'homme. Bravo.

Ils se rhabillèrent en frissonnant puis grimpèrent la piste qui menait vers l'amont. Ils arrivèrent en longeant les rochers à un endroit où le torrent semblait disparaître dans le vide et sans lâcher la main du petit il s'aventura jusqu'au dernier surplomb rocheux. Le torrent était aspiré par-dessus le rebord et tombait droit dans le bief au-dessous. Le torrent tout entier. Le petit s'agrippait au bras de son père.

C'est très loin, dit-il.

Oui. Assez loin.

On mourrait si on tombait?

On se ferait mal. C'est assez profond.

Ça fait très peur.

Ils repartirent à travers les bois. La lumière faiblissait. Ils longeaient les marécages parmi d'énormes arbres morts, suivant le torrent vers l'amont. Une luxuriante forêt du sud où poussaient autrefois l'herbe-à-peigne et la pomme de mai. Le ginseng. Les rameaux morts et dénudés de rhododendrons tortus et noirs et noueux. Il s'arrêta. Quelque chose dans le compost et la cendre. Il se baissa pour le dégager. Il y en avait une petite colonie, rabougris, desséchés et ridés. Il en ramassa un et l'examina et le renifla. Il en mordit une bouchée tout au bord et se mit à mâcher.

Qu'est-ce que c'est? Papa?

Des morilles. C'est des morilles.

C'est quoi des morilles ?
Une sorte de champignon.
Ça se mange ?
Oui. Prends-en une bouchée.
C'est bon ?
Oui. Goûte.
Le petit renifla le champignon et mordit dedans et commença à mastiquer. Il regardait son père. C'est drôlement bon, dit-il.

Ils cueillirent les morilles, de petites choses d'aspect bizarre qu'il empilait dans le capuchon de la parka du petit. Ils redescendirent sur la route à l'endroit où ils avaient laissé le caddie et ils établirent leur bivouac à la cascade au bord du bief et lavèrent les morilles pour enlever la terre et la cendre et les mirent à tremper dans une casserole d'eau. Le temps d'allumer le feu il faisait nuit et il découpa une poignée de champignons sur une bûche pour leur dîner et les versa dans la poêle avec la graisse de porc d'une boîte de haricots blancs et les fit mijoter lentement sur les braises. Le petit l'observait. C'est un bon endroit Papa, dit-il.

Ils mangèrent les petits champignons avec les haricots et burent du thé et en dessert ils eurent des poires en boîte. Il tassa le feu contre le filon rocheux au pied duquel il l'avait préparé et il accrocha la bâche derrière eux pour qu'elle leur renvoie la chaleur et ils restèrent assis au chaud dans leur refuge pendant qu'il racontait des histoires au petit. D'anciennes histoires de courage et de justice dont il se souvenait jusqu'à ce que le petit s'endorme dans ses couvertures puis il attisa le feu et s'étendit au chaud, repu, et écouta le grondement sourd de la cascade derrière eux dans ce bois sombre et nu.

Au matin il partit et suivit le sentier vers l'aval le long du torrent. Le petit avait raison, c'était un bon endroit et il voulait s'assurer qu'il n'y avait aucun signe d'autres visiteurs. Il ne trouva rien. Il resta un moment à contempler le torrent là où il virait brusquement pour se jeter dans un bief en moutonnant et en tourbillonnant. Il lança un caillou blanc dans l'eau mais le caillou disparut aussi soudainement que si on l'avait avalé. Il s'était arrêté jadis au bord d'un torrent comme celui-ci, observant l'éclair des truites au fond d'un bief, invisibles à l'œil nu dans l'eau couleur thé sauf à l'instant où elles se tournaient sur le côté pour se nourrir. Réfléchissant le soleil tout au fond de l'obscurité comme un éclair de couteaux dans une grotte.

On ne peut pas rester, dit-il. Il fait plus froid de jour en jour. Et la cascade est une attraction. Ça l'était pour nous et ça le sera pour d'autres et on ne sait pas qui ce sera et on ne peut pas les entendre venir. Le coin n'est pas sûr.

On pourrait rester un jour de plus.

Le coin n'est pas sûr.

On peut peut-être trouver un autre endroit au bord du torrent.

Il faut qu'on continue d'avancer. Il faut qu'on aille vers le sud.

Le torrent ne va pas vers le sud ?

Non. Pas du tout.

Je peux le voir sur la carte ?

Oui. Attends que je la sorte.

La carte routière maintenant en lambeaux, une carte de compagnie pétrolière, tenait autrefois avec du scotch mais à présent ce n'était plus que des feuillets numérotés à la craie dans les coins pour en faciliter l'assemblage. Il tria les pages molles et étala celles qui correspondaient à l'endroit où ils se trouvaient.

On traverse un pont ici. Ç'a l'air d'être à une dizaine de kilomètres. Ça c'est le torrent. Il va vers l'est. Nous on suit cette route-ci le long du versant est des montagnes. Ça c'est nos routes, les lignes noires sur la carte. Les routes d'État.

Pourquoi c'est des routes d'État?

Parce qu'elles appartenaient aux États autrefois. À ce qu'on appelait autrefois les États.

Mais il n'y a plus d'États?

Non.

Qu'est-ce qui leur est arrivé?

Je ne sais pas exactement. C'est une bonne question.

Mais les routes sont toujours là.

Oui. Pour encore quelque temps.

Combien de temps?

J'en sais rien. Peut-être encore un moment. Il n'y a rien pour les faire sauter alors elles devraient tenir le coup encore quelque temps.

Mais il n'y aura pas de voitures dessus et pas de camions non plus.

Non.

D'accord.

Tu es prêt?

Le petit opina de la tête. Il s'essuya le nez avec sa manche et hissa son sac sur ses épaules et l'homme replia les feuillets de la carte et se leva et le petit le suivit entre les palissades grises des arbres en direction de la route.

Quand ils arrivèrent en vue du pont au-dessous d'eux il y avait un semi-remorque en ciseau en travers de la chaussée, encastré dans la rambarde métallique défoncée. Il s'était remis à pleuvoir et ils étaient debout sous la pluie qui tapait doucement sur la bâche. Regardant fixement devant eux par-dessous la pénombre bleue du plastique.

On ne peut pas faire le tour ? dit le petit.

Je ne crois pas. On peut sans doute passer par-dessous. Il faudra peut-être décharger le caddie.

Le pont enjambait la rivière au-dessus d'un rapide. Ils entendirent sa rumeur en débouchant du tournant de la route. Il y avait un courant d'air dans la gorge et ils tirèrent sur eux les coins de la bâche et poussèrent le caddie sur le pont. Ils voyaient la rivière en bas à travers la structure métallique. Plus loin de l'autre côté du rapide il y avait un pont de chemin de fer monté sur des piliers de pierre à chaux. Bien au-dessus de l'eau les pierres des piliers gardaient les taches des crues et la boucle de la rivière était obstruée par d'énormes andains de broussailles et de branches noires et les troncs d'arbre.

Le semi-remorque était là depuis des années, les pneus à plat et en accordéon sous les jantes. L'avant du tracteur était coincé contre la rambarde du pont et la remorque avait cisaillé et enfoncé la sellette d'attelage et s'était encastrée à l'arrière de la cabine. L'arrière de la remorque avait fait une embardée et enfoncé le parapet de l'autre côté du pont et pendait à l'extérieur sur près d'un mètre au-dessus de la gorge de la rivière. Il poussa le caddie sous la remorque mais la poignée coinçait. Il faudrait le passer par-dessous en le penchant sur le côté. Il le laissa sous la pluie avec la bâche par-dessus et ils se glissèrent presque à quatre pattes sous la remorque et il laissa le petit à l'abri au sec dessous pendant qu'il grimpait sur le marchepied du réservoir et qu'il essuyait l'eau de la vitre et regardait à l'intérieur de la cabine. Il redescendit et leva le bras pour ouvrir la portière puis grimpa à l'intérieur et referma la portière derrière lui. Il s'assit et jeta un regard circulaire. Une vieille couchette de chauffeur derrière les sièges. Des papiers par terre. La boîte à gants était ouverte mais elle était vide. Il passa à l'arrière en se hissant entre les sièges. Il y avait un mauvais matelas humide sur la couchette et un petit réfrigérateur dont la porte était restée ouverte. Une table escamotable. De vieux magazines par terre. Il inspecta les étagères suspendues en contreplaqué mais elles étaient vides. Il y avait des tiroirs sous la couchette et il les tira et fouilla parmi les détritus. Il retourna à l'avant de la cabine et s'installa dans le siège du chauffeur et regarda la rivière en bas à travers le lent goutte-à-goutte sur le pare-brise. Le grêle martèlement de la pluie sur le toit métallique et l'obscurité tombant lentement sur toute chose.

Cette nuit-là ils dormirent dans le camion et au matin la pluie avait cessé et ils déchargèrent le caddie et transbordèrent toutes leurs affaires par-dessous le camion et rechargèrent. Peut-être trois cents mètres plus loin sur le pont gisaient les restes noircis de pneus qu'on y avait brûlés. Il regardait la remorque. Qu'est-ce que tu crois qu'il y a là-dedans ? dit-il.

46

Je ne sais pas.

On n'est pas les premiers ici. Alors il n'y a sans doute rien.

Il n'y a pas moyen d'y entrer.

Il pressa l'oreille contre le flanc de la remorque et cogna sur la tôle avec le plat de la main. Ça m'a l'air vide, dit-il. On peut probablement entrer par le toit. Quelqu'un aura sans doute fait un trou sur le côté depuis le temps.

Avec quoi ils auraient fait un trou ?

Ils auront bien trouvé quelque chose.

Il enleva sa parka et la posa sur le caddie et grimpa sur le garde-boue du tracteur puis sur le capot et se hissa par-dessus le pare-brise sur le toit de la cabine. Il se redressa et se tourna et regarda la rivière au-dessous. Le métal mouillé sous ses pieds. Il regarda le petit en bas sur le pont. Le petit semblait inquiet. Il se tourna et tendit le bras et trouva une prise sur l'avant de la remorque et commença à se hisser lentement en tirant sur ses bras. C'était tout ce qu'il pouvait faire et il ne restait plus grand-chose de sa personne à soulever. Il passa une jambe par-dessus le bord du toit et resta suspendu pour reprendre haleine. Puis il fit encore un rétablissement et roula de l'autre côté et s'assit.

Il y avait une lucarne à environ un tiers de la longueur du toit et il s'avança jusque-là assis sur les talons. Le volet était parti et de l'intérieur de la remorque venait une odeur de contreplaqué mouillé et cette âcre puanteur qu'il avait fini par connaître. Il avait un magazine dans la poche de son pantalon et il le sortit et en arracha quelques pages et en fit une torche puis il prit son briquet et l'alluma et la lâcha dans l'obscurité. Un léger chuintement. Il agita le magazine pour dissiper la fumée et regarda dans la remorque. Le petit feu qui brûlait au fond semblait très loin. En mettant la main en visière il voyait presque jusqu'à l'arrière de la caisse. Des corps humains. Étalés dans toutes les attitudes possibles. Desséchés et rétrécis dans leurs vêtements pourris. La petite boule de papier diminuait en se consumant et ne fut bientôt plus qu'une flammèche puis s'éteignit, ne laissant pour un instant à peine qu'un vague dessin dans l'incandescence comme la forme d'une fleur, d'une rose en fusion. Puis tout redevint noir.

Ils bivouaquèrent cette nuit-là dans les bois sur une arête dominant la vaste plaine de piémont qui s'étendait au loin vers le sud. Il alluma un feu de cuisine contre un rocher et ils mangèrent le dernier reste des morilles et une boîte d'épinards. Pendant la nuit un orage éclata dans les montagnes et déferla sur le bas pays, craquant et grondant dans un fracas de canonnade, faisant à chaque instant surgir et resurgir de la nuit le monde gris et nu dans l'éclat voilé de la foudre. Le petit s'agrippait à son père. Puis tout fut fini. Un bref martèlement de grêle et ensuite la lente pluie froide.

Quand il se réveilla il faisait encore noir mais la pluie avait cessé. Une lueur fumeuse là-bas dans la vallée. Il se leva et partit le long de l'arête. Un brouillard de feu qui s'étendait sur des kilomètres. Il s'était accroupi et l'observait. Il sentait l'odeur de la fumée. Il humecta son doigt et le tendit dans le vent. Quand il se releva et qu'il fit demi-tour pour revenir au bivouac la bâche où le petit s'était réveillé était éclairée de l'intérieur. Dans l'obscurité la frêle forme bleue semblait être le terrain d'une ultime entreprise à l'orée du monde. Une chose presque inexplicable. Et qui l'était.

Toute la journée du lendemain ils se déplacèrent à travers le brouillard dérivant de fumée de bois. Dans les ravins la fumée sortant du sol pareille à de la brume et les minces arbres noirs se consumant sur les pentes pareils à des bosquets de cierges païens. Tard dans la journée ils arrivèrent à un endroit où le feu avait traversé la route. Le macadam était encore chaud et plus loin il commençait à ramollir sous leurs pieds. Le mastic noir brûlant se collant à leurs chaussures comme des ventouses et s'étirant en minces rubans noirs à mesure qu'ils avançaient. Ils firent halte. Il faut qu'on attende, dit-il.

Ils revinrent sur leurs pas et établirent leur bivouac à même la route et quand ils repartirent au matin le macadam avait refroidi. Au bout d'un moment ils tombèrent sur une série d'empreintes incrustées dans le goudron. Elles étaient apparues d'un seul coup. Il s'accroupit pour les examiner. Quelqu'un était sorti des bois pendant la nuit et avait continué le long de la route sur le bitume fondu.

Qui c'est ? dit le petit.

J'en sais rien. Qui c'est tout le monde ?

Ils l'aperçurent qui peinait le long de la route devant eux, traînant un peu la jambe et s'arrêtant de temps à autre, voûté et hésitant à repartir.

Qu'est-ce qu'il faut faire, Papa ?

On n'a rien à craindre. On n'a qu'à le suivre et le surveiller.

Le garder à l'œil, dit le petit.

C'est ça. Le garder à l'œil.

Ils le suivirent sur un bon bout de chemin mais à son rythme ils perdaient la journée et finalement il s'assit sur la route et ne se releva plus. Le petit s'agrippait à la veste de son père. Ni l'un ni l'autre ne parlaient. Il semblait aussi carbonisé que le pays qu'ils traversaient, ses vêtements brûlés et noirs. Il avait un œil brûlé qui restait fermé et sa chevelure pouilleuse n'était qu'une perruque de cendre sur son crâne noirci. Au moment où ils le dépassèrent il baissa la tête. Comme s'il avait fait quelque chose de mal. Ses chaussures étaient entourées de fil de fer et enrobées de goudron et il restait assis en silence, penché en avant dans ses guenilles. Le petit se retournait à chaque pas. Il chuchotait : Papa ? Qu'est-ce qui lui est arrivé ?

Il a été foudroyé.

On ne peut pas l'aider ? Papa ?

Non. On ne peut pas.

Le petit le tirait par sa veste : Papa ? disait-il.

Arrête ça.

On ne peut pas l'aider Papa ?

Non. On ne peut pas l'aider. Il n'y a plus rien à faire pour lui.

Ils continuaient. Le petit pleurait. Il n'arrêtait pas de se retourner. Quand ils arrivèrent en bas de la côte l'homme s'arrêta et le regarda et regarda la route derrière eux. Le brûlé était tombé à la renverse et de loin on ne pouvait même pas dire ce que c'était. Je regrette, dit-il.

Mais on n'a rien à lui donner. On n'a aucun moyen de l'aider. Je suis désolé de ce qui lui est arrivé mais on ne peut rien y changer. Tu le sais, hein ? Le petit gardait les yeux baissés. Il opina de la tête. Puis ils repartirent. Il ne se retournait plus.

Au soir une morne lumière sulfureuse qui venait des incendies. Dans les caniveaux de l'eau stagnante noircie par le ruissellement. Les montagnes sous un linceul. Ils traversèrent sur un pont de béton une rivière où des écheveaux de cendre et de boue se déplaçaient lentement dans le courant. Des morceaux de bois carbonisés. Finalement ils s'arrêtèrent et firent demi-tour et établirent leur bivouac sous le pont.

Il avait gardé son portefeuille jusqu'à ce que le cuir perce un trou dans son pantalon. Puis un jour il s'assit au bord de la route et le sortit et tria ce qu'il y avait dedans. Un peu d'argent, des cartes de crédit. Son permis de conduire. Une photo de sa femme. Il étala tout sur le macadam. Comme des cartes à jouer. Il lança dans les bois le morceau de cuir noirci par la sueur et resta assis avec la photo dans sa main. Puis il la posa par terre sur la route et il se releva et ils repartirent.

Au matin il était allongé les yeux levés sur les nids d'argile que les hirondelles avaient construits dans les coins sous le pont. Il regardait le petit mais le petit s'était tourné de l'autre côté et contemplait la rivière.

On ne pouvait rien faire. Rien.

Le petit ne répondait pas.

Il va mourir. On ne peut pas partager ce qu'on a sinon on mourra aussi.

Je sais.

Alors quand vas-tu te remettre à me parler ?

Je parle là.

Tu en es sûr ?

Oui.

D'accord.

D'accord.

Ils étaient debout de l'autre côté d'une rivière et l'appelaient. Des dieux en loques se traînant dans leurs guenilles à travers le désert. Errant sur le fond desséché d'une mer minérale au sol fracturé et fendu comme une assiette qui vous serait tombée des mains. Les trajectoires du feu bestial dans les sables coagulés. Les silhouettes s'éloignaient. Il se réveilla et resta allongé dans le noir.

Les pendules s'étaient arrêtées à 1:17. Une longue saignée de lumière puis une série de chocs sourds. Il se leva et alla à la fenêtre. Qu'est-ce qui se passe ? dit-elle. Il ne répondit pas. Il alla à la salle de bains et pressa l'interrupteur mais le courant était déjà coupé. Une lueur rose mat dans la vitre de la fenêtre. Il mit un genou à terre et tira sur le levier pour boucher la baignoire et tourna à fond les deux robinets. Elle était debout en chemise de nuit dans l'embrasure, s'agrippant au chambranle et se tenant le ventre d'une main. Qu'est-ce que c'est ? dit-elle. Qu'est-ce qui se passe ?

J'en sais rien.

Pourquoi tu prends un bain ?

Je ne prends pas de bain.

Un soir pendant les premières années il s'était réveillé dans un bois dénudé et il était resté allongé à écouter les vols d'oiseaux migrateurs tout là-haut dans l'âpre nuit. À des kilomètres de hauteur avec leurs gloussements à demi étouffés ils tournaient autour de la terre aussi absurdement que des insectes agglutinés sur le bord d'un compotier. Il leur avait souhaité bon voyage et ils furent bientôt partis. Il ne les avait plus jamais entendus.

Il avait un jeu de cartes qu'il avait trouvé dans une maison au fond d'un tiroir de bureau et les cartes étaient usées et en accordéon et il manquait le deux de pique mais ils jouaient quand même de temps à autre à la lueur du feu, enveloppés dans leurs couvertures. Il essayait de se rappeler les règles des jeux de son enfance. La crapette. Une variante de whist. Il était certain de se tromper la plupart du temps et il imaginait de nouveaux jeux et leur donnait des noms de son invention. La Fausse Fétuque ou le Chat-Huant. L'enfant lui posait parfois des questions sur le monde qui pour lui n'était même pas un souvenir. Il avait du mal à trouver une réponse. Il n'y a pas de passé. Qu'est-ce qui te ferait plaisir ? Mais il avait renoncé à lui dire des choses de son invention parce que ces choses-là n'étaient pas vraies non plus et ça le mettait mal à l'aise de les dire. L'enfant avait ses propres illusions. Comment est-ce que ça serait au sud ? Y aurait-il d'autres enfants ? Il tentait d'y mettre un frein mais son cœur n'y était pas. Qui aurait eu le cœur à ça ?

Aucune liste de choses à faire. Chaque jour en lui-même providentiel. Chaque heure. Il n'y a pas de plus tard. Plus tard c'est maintenant. Toutes les choses de grâce et de beauté qui sont chères à notre cœur ont une origine commune dans la douleur. Prennent naissance dans le chagrin et les cendres. Bon, chuchotait-il au petit garçon endormi. Je t'ai toi.

Il pensait à la photo sur la route et il pensait qu'il aurait dû essayer de la garder avec eux dans leurs vies d'une manière ou d'une autre mais il ne savait pas comment. Il se réveilla en toussant et partit plus loin pour ne pas réveiller l'enfant. Longeant un mur de pierre dans le noir, enveloppé dans sa couverture, agenouillé dans les cendres comme un pénitent. Il toussa jusqu'à ce qu'il sente le goût du sang et il dit à voix haute le nom qu'elle avait jadis porté. Il pensait qu'il l'avait peut-être dit dans son sommeil. Quand il revint le petit était réveillé. Je te demande pardon, dit-il.

Ça ne fait rien.

Rendors-toi.

Je voudrais être avec ma maman.

Il ne répondit pas. Il s'assit à côté de la petite silhouette enveloppée dans les couettes et les couvertures. Au bout d'un moment il dit : Tu veux dire que tu voudrais être mort.

Oui.

Tu ne dois pas dire ça.

Je le dis quand même.

Ne le dis pas. C'est mal de le dire.

Je ne peux pas m'en empêcher.

Je sais. Mais il faut essayer.

Et comment je fais ?

J'en sais rien.

Assis en face d'elle de l'autre côté de la flamme de la lampe il lui avait dit : On est des survivants.

Des survivants ? dit-elle.

Oui.

Pour l'amour de Dieu qu'est-ce que tu racontes ? On n'est pas des survivants. On est des morts vivants dans un film d'horreur.

Je t'en supplie.

Ça m'est égal. Ça m'est égal que tu pleures. Ça ne signifie rien pour moi.

S'il te plaît.

Arrête.

Je t'en supplie. Je ferai n'importe quoi.

Quoi par exemple ? Il y a longtemps que j'aurais dû le faire. Quand il y avait trois balles dans le revolver au lieu de deux. J'ai été idiote. On a déjà parlé de tout ça. Ce n'est pas moi qui en suis arrivée là. On m'y a amenée. Et maintenant c'est fini pour moi. J'ai même pensé ne rien te dire. Ç'aurait sans doute mieux valu. Tu as deux balles de revolver et alors ? Tu ne peux pas nous protéger. Tu dis que tu mourrais pour nous mais à quoi ça nous avance. Je l'emmènerais avec moi et c'est pour toi que je ne le fais pas. Tu sais que je le ferais. C'est ce qu'il faut faire.

Tu délires.

Non, je dis la vérité. Tôt ou tard ils nous attraperont et ils nous tueront. Ils me violeront. Ils le violeront. Ils vont nous violer et nous tuer et nous manger et tu ne veux pas regarder la vérité en face. Tu préférerais attendre que ça arrive. Mais moi je ne peux pas. Je ne peux pas. Elle était assise et fumait une mince vrille de vigne séchée comme si ç'avait été un havane de luxe. La tenant avec une certaine élégance, son autre main sur ses genoux joints et relevés. Elle l'observait à travers la petite flamme. On parlait de la mort autrefois, dit-elle. On n'en parle plus à présent. Et pourquoi ?

J'en sais rien.

Parce qu'elle est ici. Il ne reste plus de sujet de conversation.

Je ne t'abandonnerais pas.

Ça m'est égal. Ça ne rime à rien. Tu peux me considérer comme une garce infidèle si ça te fait plaisir. J'ai pris un nouvel amant. Il peut me donner ce que tu ne peux pas.

La mort n'est pas un amant.

Oh bien sûr que si.

S'il te plaît ne fais pas ça.

Je te demande pardon.

Je ne peux pas le faire seul.

Alors ne le fais pas. Je ne peux pas t'aider. On dit que les femmes rêvent des dangers qui menacent ceux dont elles prennent soin et les hommes des dangers qui les menacent eux-mêmes. Mais moi je ne rêve plus du tout. Tu dis que tu ne peux pas ? Alors ne le fais pas. C'est tout. Parce que j'en ai fini avec mon cœur de pute et depuis longtemps. Tu parles de résister mais il n'y a pas moyen de résister. Ça m'a arraché le cœur la nuit où il est né alors ne demande pas de la compassion maintenant. Il n'y en a pas. Peut-être que tu sauras t'y prendre. J'en doute, mais qui sait. La seule chose que je peux te dire c'est que tu ne survivras pas pour toi-même. Je le sais parce que je ne serais jamais arrivée jusqu'ici. Quelqu'un qui n'aurait personne ferait bien de se fabriquer un fantôme plus ou moins acceptable. De lui insuffler la vie et de le flatter avec des mots d'amour. De lui offrir la moindre miette fantôme et de le protéger du mal avec son corps. En ce qui me concerne mon seul espoir c'est l'éternel néant et je l'espère de tout mon cœur.

Il ne répondait pas.

Tu n'as pas d'arguments parce qu'il n'y en a pas.

Vas-tu lui dire au revoir ?

Non. Certainement pas.

Attends jusqu'au matin. S'il te plaît.

Il faut que j'y aille.

Elle s'était déjà levée.

Pour l'amour de Dieu, femme. Qu'est-ce que tu veux que je lui dise ?

Je ne peux pas t'aider.

Où vas-tu aller ? Tu n'y vois même pas.

Je n'ai pas besoin de voir.

Il s'était levé. Je t'en supplie, dit-il.

Non, je ne veux pas. Je ne peux pas.

Elle était partie et le froid de son départ fut son ultime présent. Elle ferait cela avec un éclat d'obsidienne. Il lui avait montré lui-même comment s'y prendre. Plus tranchant que l'acier. Le bord de l'épaisseur d'un atome. Et elle avait raison. Il n'y avait pas à discuter. Les centaines de nuits qu'ils avaient passées à analyser le pour et le contre de l'autodestruction avec le sérieux de philosophes enchaînés au mur d'un asile d'aliénés. Au matin le petit n'avait rien dit du tout et quand ils eurent bouclé leur paquetage et qu'ils furent prêts à repartir sur la route il se retourna et jeta un regard en arrière sur leur bivouac et il dit : Elle est partie, n'est-ce pas ? Et il répondit : Oui, elle est partie.

Toujours si décidée, à peine surprise par les circonstances les plus insolites. Une création parfaitement agencée pour aller au-devant de sa propre fin. Ils étaient assis près de la fenêtre et mangeaient en peignoir à la lumière d'une bougie un repas de minuit et regardaient des villes lointaines brûler. Quelques nuits plus tard elle accouchait dans leur lit à la lueur d'une lampe à pile. Des gants faits pour laver la vaisselle. L'improbable apparition de la petite couronne de la tête. Striée de sang et de maigres cheveux noirs. L'âcre odeur du méconium. Les cris qu'elle poussait ne signifiaient rien pour lui. Derrière la fenêtre rien que le froid de plus en plus vif, les incendies à l'horizon. Il tenait bien haut le petit corps rouge décharné tellement à vif et nu et il coupa le cordon avec un couteau de cuisine et enveloppa son fils dans une serviette.

Tu avais des amis ?
Oui. Bien sûr.
Beaucoup ?
Oui.
Tu te souviens d'eux ?
Oui. Je m'en souviens.
Qu'est-ce qui leur est arrivé ?
Ils sont morts.
Tous ?
Oui. Tous.
Ils te manquent.
Oui. Bien sûr.
Où est-ce qu'on va ?
On va au sud.
D'accord.

Ils furent toute la journée sur la longue route noire, s'arrêtant l'après-midi pour manger chichement un peu de leurs maigres provisions. Le petit avait sorti son camion de leur paquetage et traçait des routes dans la cendre avec un bâton. Le camion avançait lentement. Le petit faisait des bruits de camion. La journée semblait presque chaude et ils dormirent sur les feuilles avec leurs sacs sous la tête.

Quelque chose le réveilla. Il s'était tourné sur le côté et il écoutait. Il leva lentement la tête, le revolver dans la main. Il baissa les yeux sur le petit et quand il regarda de nouveau vers la route la tête du convoi était déjà en vue. Grand Dieu, souffla-t-il. Il étendit le bras et secoua le petit, les yeux toujours fixés sur la route. Ils approchaient en traînant les pieds dans la cendre, secouant d'un côté puis de l'autre leurs têtes encapuchonnées. Quelques-uns portant des masques à cartouche filtrante. Un autre dans une combinaison de protection biologique. Tachée et crasseuse. Tapant du pied, avec des gourdins à la main, des tronçons de tuyau. Toussant. Puis il entendit derrière eux sur la route ce qui semblait être un camion diesel. Vite, souffla-t-il. Vite. Il fourra le revolver sous sa ceinture et saisit le petit par la main et tira le caddie entre les arbres et le fit basculer dans un endroit où il ne serait pas si facilement visible. Le petit était transi de peur. Il le tirait contre lui. Ça va aller, dit-il. Il faut courir. Ne te retourne pas. Viens.

Il empoigna leurs sacs à dos et les hissa sur son épaule et ils s'élancèrent à travers les fougères qui tombaient en poussière sur leur passage. Le petit était pétrifié. Cours, chuchotait-il. Cours. Il jeta un regard derrière lui. Le camion arrivait avec un bruit de ferraille dans son champ de vision. Des types à l'affût debout sur le plateau à ridelles. Le petit était tombé et il le releva. Ça va aller, dit-il. Viens.

Il apercevait un vide entre les arbres et il pensait que c'était un fossé ou une tranchée et ils traversèrent les herbes et débouchèrent sur une ancienne piste. Des plaques de bitume fissurées visibles à travers les tas de cendre. Il poussa le petit pour qu'il se baisse et ils restèrent accroupis au pied du remblai, l'oreille tendue, hors d'haleine. Ils entendaient le moteur diesel là-bas sur la route, alimenté avec Dieu sait quoi. Quand il se redressa pour regarder il ne vit que le haut du camion qui avançait le long de la route. Des types debout sur le plateau, quelques-uns avec des fusils. Le camion passa et la fumée noire du diesel monta en volutes entre les arbres. À en juger par le bruit, le moteur était mal en point. Hoquetant et crachant. Puis il lâcha.

Il s'était plaqué au sol, la main sur la tête du petit. Grand Dieu, dit-il. Ils entendirent la chose cliqueter et ahaner puis s'arrêter. Puis seulement le silence. Il avait le revolver à la main, il ne se souvenait même pas qu'il l'avait retiré de dessous sa ceinture. Ils entendaient les types parler. Les entendaient déverrouiller et soulever le capot. Il restait assis avec le bras autour du petit. Chut, dit-il. Chut. Au bout d'un moment ils entendirent le camion qui commençait à rouler. Peinant et craquant comme un navire. Ils n'avaient sans doute pas d'autre moyen de le faire démarrer que de le pousser et ils ne pouvaient pas lui faire prendre assez de vitesse dans la montée. Au bout de quelques minutes le camion hoqueta et soubresauta et s'arrêta de nouveau. Il leva la tête pour regarder et à travers les herbes à peine une centaine de mètres plus loin il y avait un des types qui s'approchait, en train de défaire sa ceinture. Ils se figèrent.

Il avait armé le revolver et le pointait sur le type et le type s'arrêta avec une main sur la hanche, son masque sale et froissé de peintre au pistolet se gonflant et se dégonflant à chaque respiration.

Continue d'avancer.

Le type tourna la tête vers la route.

Ne regarde pas par là. Regarde-moi. Si t'appelles t'es mort.

Il s'approchait en tenant sa ceinture d'une main. Les trous jalonnaient les progrès de son amaigrissement et d'un côté le cuir avait l'aspect luisant du vernis à l'endroit où il affûtait la lame de son couteau. Il descendit dans la tranchée de la piste et il regarda le revolver et il regarda le petit. Des yeux fichés dans des coupelles de crasse et profondément enfoncés. Comme si une bête cachée au-dedans d'un crâne épiait du fond des orbites. Il portait une barbe dont le bas avait été taillé en carré au sécateur et il avait au cou un tatouage d'oiseau fait par quelqu'un qui n'avait qu'une idée approximative de leur apparence. Il était exsangue, hâve, rachitique. Vêtu d'une salopette bleue souillée et coiffé d'une casquette de base-ball noire sur le devant de laquelle s'étalait en lettres brodées le logo d'une firme disparue.

Où tu vas ?

J'allais chier.

Où vous allez avec le camion ?

J'en sais rien.

Comment ça t'en sais rien ? Retire ton masque.

Il retira le masque en le passant par-dessus sa tête et le garda dans la main.

J'en sais rien point final.

Tu ne sais pas où tu vas ?

Non.

Avec quoi roule le camion ?

Au diesel.

Combien vous en avez ?

Y a trois fûts de deux cents litres sur le plateau.

Vous avez des munitions pour les fusils ?

Le type tourna la tête vers la route.

Je t'ai dit de ne pas regarder par là.

Ouais. On a des munitions.

Où vous les avez eues ?

On les a trouvées.

C'est un mensonge. Qu'est-ce que vous mangez ?

Tout ce qu'on peut trouver.

Tout ce que vous pouvez trouver.

Ouais. Il regardait le petit. Tu vas pas tirer, dit-il.

C'est ce que tu crois.

T'as que deux cartouches. Rien qu'une peut-être. Et ils entendront la détonation.

Eux oui. Mais pas toi.

Et pourquoi d'après toi ?

Parce que la balle va plus vite que le son. Elle sera dans ta cervelle avant que t'aies pu l'entendre. Pour l'entendre il faudrait que t'aies un lobe frontal et des trucs avec des noms comme colliculus et gyrus temporal et t'en auras plus. Ça sera plus que de la soupe.

T'es toubib ?

Je ne suis rien.

On a un blessé. Tu perdras pas ton temps.

À ton avis j'ai l'air d'un demeuré?

J'sais pas de quoi t'as l'air.

Pourquoi tu le regardes?

Je peux regarder où je veux.

Non tu ne peux pas. Si tu le regardes encore une fois je te tue.

Le petit avait les deux mains sur le sommet du crâne et regardait entre ses avant-bras.

Je parie que ce garçon a faim. Pourquoi vous venez pas tout simplement jusqu'à notre camion tous les deux. C'est pas la peine de jouer les durs.

Vous n'avez rien à manger. Partons.

Où ça?

Partons.

Je vais nulle part.

Ah oui?

Non. Nulle part.

Tu crois que je ne te tuerai pas mais tu te trompes. Mais ce que je préférerais c'est t'emmener un kilomètre ou deux plus loin sur cette piste et te relâcher après. C'est toute l'avance dont on a besoin. Tu ne nous trouveras pas. Tu ne sauras même pas par où on est partis.

Tu sais ce que je pense?

Qu'est-ce que tu penses?

Je pense que tu fais dans ton froc.

Il lâcha la ceinture et la ceinture tomba sur la piste avec les ustensiles qui y étaient accrochés. Une gourde. Une vieille sacoche militaire en toile. Un fourreau en cuir pour un couteau. Quand il releva les yeux il tenait le couteau dans sa main. Il n'avait fait que deux pas en avant mais il était presque entre lui et l'enfant.

Qu'est-ce que tu crois que tu vas faire avec ça?

Il ne répondit pas. Il était grand mais très agile. Il

plongea et empoigna le petit et roula et se releva avec le petit qu'il tenait contre sa poitrine le couteau pointé sur la gorge. L'homme s'était déjà jeté à terre et il pivota avec le revolver tenu à deux mains braqué sur le type et fit feu en équilibre sur les genoux, à une distance d'un mètre cinquante. Instantanément le type tomba en arrière et resta au sol avec le sang qui jaillissait à gros bouillons du trou qu'il avait au front. Le petit était affalé sur ses genoux sans aucune expression d'aucune sorte sur son visage. L'homme passa le revolver sous sa ceinture, hissa le sac à dos sur son épaule et releva le petit, lui fit faire demi-tour et le souleva par-dessus sa tête et l'assit sur ses épaules et s'élança sur l'ancienne piste, courant à mort, tenant le petit par les genoux, le petit s'agrippant à son front, couvert de sang et muet comme une pierre.

Ils arrivèrent à un vieux pont métallique dans les bois où la piste disparue franchissait autrefois un cours d'eau maintenant pratiquement disparu. Il sentait venir la quinte de toux et il avait à peine assez de souffle pour tousser. Il sortit de la piste et entra dans les bois. Il tourna et s'arrêta, hors d'haleine, en s'efforçant d'écouter. Il n'entendait rien. Il fit encore cinq cents mètres sur ses jambes chancelantes et pour finir il s'agenouilla et posa le petit à terre dans les cendres et les feuilles. Il essuyait le sang de son visage et le serrait contre lui. Ça va aller, dit-il. Ça va aller.

Dans le long soir froid de plus en plus sombre il ne les entendit qu'une seule fois. Il tenait le petit contre lui. Il y avait une toux dans sa gorge qui ne s'en allait jamais. Le petit si frêle et mince à travers sa veste, tremblant comme un chien. Les bruits de pas dans les feuilles cessèrent. Puis reprirent. Pas une parole, pas un appel, ce qui n'en était que plus sinistre. Avec l'arrivée définitive de la nuit, le froid refermait son étau et maintenant le petit tremblait violemment. Aucune lune ne se levait au-delà des ténèbres et il n'y avait aucun endroit où aller. Ils avaient une unique couverture dans leur paquetage et il la sortit et en recouvrit le petit et il ouvrit la fermeture éclair de sa parka et le serra contre lui. Ils restèrent allongés là un long moment mais ils étaient transis et au bout d'un moment il se redressa. Il faut qu'on bouge, dit-il. On ne peut pas rester allongés ici. Il regardait tout autour mais il n'y avait rien à voir. Ses paroles tombaient dans un noir sans profondeur ni dimension.

Il tenait le petit par la main tandis qu'ils se frayaient un chemin à travers les bois en trébuchant à chaque pas. Il gardait l'autre main tendue devant lui. Il n'aurait pas vu plus mal les yeux fermés. Le petit était enveloppé dans la couverture et il lui dit de ne pas la lâcher parce qu'ils ne la retrouveraient jamais. Le petit voulait qu'on le porte mais il lui dit qu'il fallait qu'il continue de marcher. Ils passèrent toute la nuit à marcher dans les bois, tombant et trébuchant, et bien avant l'aube le petit tomba et ne voulut plus se relever. Il l'enveloppa dans sa propre parka et l'enveloppa dans la couverture et s'assit et le prit dans ses bras en se balançant d'avant en arrière. Il ne reste qu'une cartouche dans le revolver. Tu ne veux pas voir la vérité en face. Tu ne veux pas.

Dans l'avare lumière qui passait pour du jour il posa le petit sur les feuilles et s'assit, son regard scrutant les bois. Quand il fit un peu plus clair il se leva pour inspecter le périmètre de leur bivouac de fortune à la recherche d'un signe mais hormis leur propre trace vaguement dessinée dans la cendre il ne voyait rien. Il revint et força le petit à se lever. Il faut qu'on y aille, dit-il. Le petit restait assis, le dos voûté, le visage vide. La saleté séchait dans ses cheveux et striait son visage. Parle-moi, dit-il. Mais le petit se taisait.

Ils repartirent vers l'est entre les arbres morts encore debout. Ils passèrent devant une vieille maison à pans de bois et traversèrent une route de terre. Une parcelle défrichée qui avait peut-être été jadis un jardin potager. S'arrêtant de temps à autre pour écouter. L'invisible soleil ne projetait pas d'ombre. Ils débouchèrent brusquement sur la route et d'un signe de la main il arrêta le petit et ils s'accroupirent dans le fossé comme des lépreux et restèrent là à écouter. Pas de vent. Un silence de mort. Au bout d'un moment il se releva et s'avança sur la route. Il regarda derrière lui. Viens, dit-il. Le petit sortit du fossé et l'homme montra du doigt les empreintes dans la cendre là où le camion était passé. Le petit restait immobile, enveloppé dans la couverture les yeux baissés sur la route.

Il n'avait aucun moyen de savoir s'ils avaient réussi à redémarrer le camion. Aucun moyen de savoir combien de temps ils étaient prêts à attendre en embuscade. Il dégagea le sac de son épaule et s'assit et l'ouvrit. Il faut qu'on mange, dit-il. Tu as faim ?

Le petit hocha la tête.

Non. Bien sûr que non. Il sortit la bouteille d'eau en plastique et dévissa le bouchon et la tendit au petit et le petit la prit et but debout. Il abaissa la bouteille et reprit son souffle et s'assit sur la route et croisa les jambes et se remit à boire. Puis il tendit la bouteille et l'homme but et revissa le bouchon et fouilla dans le sac. Ils mangèrent une boîte de haricots blancs qu'ils se passaient à tour de rôle, et il jeta la boîte vide dans les bois. Puis ils repartirent sur la route.

Les types du camion avaient bivouaqué à même la route. Ils y avaient fait un feu et il y avait par terre des billettes de bois carbonisées coincées dans le goudron fondu avec de la cendre et des os. Il s'accroupit et posa la main sur le goudron. Cette vague chaleur qui s'en dégageait. Il se releva et regarda au bout de la route. Puis il emmena le petit avec lui dans les bois. Je veux que tu attendes ici, dit-il. Je ne serai pas loin. Je t'entendrai si tu appelles.

Emmène-moi avec toi, dit le petit. Il allait se mettre à pleurer.

Non. Je veux que tu attendes ici.

S'il te plaît, Papa.

Arrête. Je veux que tu fasses ce que je dis. Prends le revolver.

Je ne veux pas du revolver.

Je ne t'ai pas demandé si tu en voulais. Prends-le.

Il retourna par les bois à l'endroit où ils avaient laissé le caddie. Il était toujours là par terre mais il avait été pillé. Les quelques affaires qui n'avaient pas été emportées éparses parmi les feuilles. Des livres et des jouets qui appartenaient au petit. Ses vieilles chaussures et quelques vêtements en loques. Il redressa le caddie et y remit les affaires du petit et repartit vers la route. Puis il revint en arrière. Il n'y avait rien à cet endroit-là. Une tache sombre de sang séché sur les feuilles. Le sac à dos du petit avait disparu. En revenant il trouva les os et la peau en tas avec des pierres par-dessus. Une flaque de viscères. Il poussa les os avec la pointe de sa chaussure. Apparemment on les avait fait bouillir. Aucune trace de vêtements. L'obscurité revenait et il faisait déjà très froid et il fit demi-tour et retourna à l'endroit où il avait laissé le petit et il s'agenouilla et l'enlaça en le serrant contre lui.

Ils poussèrent le caddie à travers les bois jusqu'à l'ancienne piste et ils le laissèrent là et longèrent la route vers le sud, pressant le pas pour gagner de vitesse l'obscurité. Le petit tombait de fatigue et il le souleva et le hissa sur ses épaules et ils continuèrent. Le temps d'arriver au pont il ne restait pas beaucoup de jour. Il posa le petit par terre et ils descendirent en aveugles au pied du remblai. Une fois sous le pont il sortit son briquet et l'alluma et inspecta le sol à la lueur de la flamme vacillante. Du sable et du gravier déposés par le ruisseau. Il posa le sac à dos par terre et rangea le briquet et prit le petit par les épaules. Il pouvait à peine le voir dans l'obscurité. Je veux que tu attendes ici, dit-il. Je vais chercher du bois. Il faut qu'on fasse du feu.

J'ai peur.

Je sais. Mais je serai tout près et je pourrai t'entendre alors si tu as peur appelle-moi et je viendrai tout de suite.

J'ai très peur.

Plus vite je partirai plus vite je serai revenu et on fera

un feu et alors tu n'auras plus peur. Ne t'allonge pas. Si tu t'allonges tu vas t'endormir et alors si je t'appelle tu ne répondras pas et je ne pourrai pas te retrouver. Tu comprends ?

Le petit ne répondait pas. Il allait se mettre en colère mais il se rendit compte que le petit hochait la tête dans l'obscurité. D'accord, fit-il. D'accord.

Il grimpa en haut du remblai et entra dans les bois les mains tendues devant lui. Il y avait du bois partout, du petit bois mort et des branches mortes éparses sur le sol. Il allait et venait en les poussant du pied pour les mettre en tas et quand il y en eut une pleine brassée il s'arrêta et les ramassa et appela le petit et le petit répondit et le guida de la voix jusqu'au pont. Ils restèrent assis dans le noir pendant qu'il égalisait les morceaux de bois avec son couteau pour empiler et cassait les petites branches à la main. Il sortit le briquet de sa poche et pressa sur la molette avec le pouce. Il utilisait de l'essence dans son briquet et elle brûlait avec une frêle flamme bleue et il se pencha en avant pour allumer le petit bois et regarda la flamme grimper dans l'entrelacs des branches. Il ajouta du bois sur la pile et se baissa et souffla doucement sur la base du petit brasier et arrangea le bois avec ses mains, juste comme ça pour que le feu prenne forme.

Il fit encore deux sorties dans les bois, traînant des brassées de broussailles et de branches jusqu'au pont et les poussant par-dessus la rambarde. La lueur du feu était visible d'assez loin mais il ne croyait pas qu'on pût l'apercevoir depuis l'autre route. Au-dessous du pont il distinguait un bief sombre d'eau stagnante entre des rochers. Une frange de glace déclive. Il était debout sur le pont et fit basculer la dernière pile de bois, son haleine blanche à la lueur du feu.

Il était assis dans le sable et faisait l'inventaire du contenu du sac à dos. Les jumelles. Une bouteille d'essence d'un quart de litre presque pleine. La bouteille d'eau. Une pince. Deux cuillères. Il sortait tout et l'alignait. Il y avait cinq petites boîtes de conserve et il choisit une boîte de saucisses et une de maïs et il les ouvrit avec le petit ouvre-boîte militaire et les posa près du feu et ils regardèrent les étiquettes noircir et se tordre. Quand le maïs commença à fumer il retira les boîtes du feu avec la pince et ils restèrent assis là penchés sur les boîtes avec leurs cuillères, mangeant lentement. Le petit tombait de sommeil.

Quand ils eurent mangé il emmena le petit sur le banc de gravier au-dessous du pont et il repoussa la mince couche de glace de la berge avec un bâton et ils restèrent agenouillés là pendant qu'il lavait le visage et les cheveux du petit. L'eau était si froide que le petit en pleurait. Ils allèrent un peu plus loin sur le gravier pour trouver de l'eau propre et il lui lava encore une fois les cheveux du mieux qu'il pouvait et il finit par s'arrêter parce que le petit poussait des gémissements tellement l'eau était froide. Il le sécha avec la couverture, agenouillé à la lueur du feu avec l'ombre entrecoupée de la charpente du pont sur la palissade des troncs d'arbre de l'autre côté du ruisseau. C'est mon enfant, dit-il. Je suis en train de lui laver les cheveux pour enlever les restes de la cervelle d'un mort. C'est mon rôle. Puis il l'enveloppa dans la couverture et le porta auprès du feu.

Le petit était assis et vacillait. L'homme l'observait de peur qu'il ne bascule dans les flammes. Du pied il dégagea des emplacements dans le sable pour les hanches et les épaules du petit à l'endroit où il allait dormir et il s'assit en le tenant contre lui, ébouriffant ses cheveux pour les faire sécher près du feu. Tout cela comme une antique bénédiction. Ainsi soit-il. Évoque les formes. Quand tu n'as rien d'autre construis des cérémonies à partir de rien et anime-les de ton souffle.

Il fut réveillé par le froid dans la nuit et il se leva et cassa encore du bois pour le feu. Les formes des petites branches d'arbre d'une incandescence orange dans les braises. Il souffla sur les flammes et y remit du bois et s'assit en tailleur, adossé au pilier de pierre du pont. De gros blocs de pierre calcaire empilés sans mortier. En haut la ferronnerie brune de rouille, les rivets aplatis au marteau, les traverses et les croisillons de bois. Le sable là où il était assis était tiède au toucher mais loin du feu la nuit était d'un froid tranchant. Il se leva et traîna sous le pont une nouvelle provision de bois. Il écoutait. Le petit ne bougeait pas. Il s'assit à côté de lui et caressa ses pâles cheveux emmêlés. Calice d'or, bon pour abriter un dieu. S'il te plaît, ne me dis pas comment l'histoire va finir. Quand il releva les yeux au loin sur l'obscurité de l'autre côté du pont, il neigeait.

Tout le bois qu'ils avaient à brûler était du petit bois et ils n'avaient pas pour plus d'une heure de feu, peut-être un peu plus. Il traîna le reste des broussailles sous le pont et entreprit de les casser, se mettant debout sur les branches pour les briser à la bonne longueur. Il pensait que le bruit allait réveiller le petit, mais il n'en fut rien. Le bois mouillé sifflait dans les flammes, la neige continuait de tomber. Au matin ils verraient s'il y avait des empreintes sur la route ou pas. C'était à part le petit le premier être humain auquel il avait parlé depuis plus d'un an. Mon frère enfin. Les calculs reptiliens dans ces yeux froids et furtifs. Les dents grises en train de pourrir. Gluantes de chair humaine. Qui a fait du monde un mensonge, un mensonge de chaque mot. Quand il se réveilla la neige s'était arrêtée et derrière le pont l'aube grumeleuse émergeait des bois dénudés, les arbres noirs sur l'arrière-plan de la neige. Il était couché en chien de fusil avec les mains entre les genoux et il se redressa et ranima le feu et posa une boîte de betteraves dans les braises. Le petit l'observait, recroquevillé par terre.

La neige fraîche formait un mince duvet à travers les bois, le long des branches et ensachée dans les feuilles, déjà grise de cendre partout. Ils retournèrent à l'endroit où il avait laissé le caddie et il le reprit et y posa le sac à dos et ils regagnèrent la route. Pas d'empreintes. Ils s'arrêtèrent pour écouter dans le silence total. Puis ils repartirent le long de la route dans la boue grise de neige fondue, le petit à son côté les mains dans les poches.

Ils marchèrent toute la journée, le petit gardant le silence. Quand l'après-midi arriva le grésil avait fondu et le soir la route était sèche. Ils ne s'arrêtaient pas. Combien de kilomètres. Une quinzaine, une vingtaine ?

D'habitude ils jouaient aux palets sur la route avec quatre grosses rondelles en acier qu'ils avaient trouvées dans une quincaillerie mais les rondelles avaient disparu avec tout le reste. Cette nuit-là ils bivouaquèrent dans un ravin et firent un feu au pied d'un petit escarpement rocheux et mangèrent leur dernière boîte de nourriture. Il l'avait mise de côté parce que c'était le plat favori du petit, du porc et des haricots blancs. Ils la regardèrent bouillir lentement sur les braises et il la sortit du feu avec la pince et ils mangèrent en silence. Il rinça la boîte vide avec de l'eau et la donna à boire à l'enfant et ce fut tout. J'aurais dû être plus prudent, dit-il.

Le petit ne répondait pas.

Il faut que tu me parles.

D'accord.

Tu voulais savoir à quoi ressemblent les méchants. Maintenant tu le sais. Ça pourrait se reproduire. Mon rôle c'est de prendre soin de toi. J'en ai été chargé par Dieu. Celui qui te touche je le tue. Tu comprends ?

Oui.

Il était assis, encapuchonné dans la couverture. Au bout d'un moment il leva la tête. On est encore les gentils ? dit-il.

Oui. On est encore les gentils.

Et on le sera toujours.

Oui. Toujours.

D'accord.

Au matin ils sortirent du ravin et repartirent sur la route. Il avait taillé pour le petit une flûte dans une tige de jonc qu'il avait trouvée au bord de la route et il la sortit de sa veste et la lui tendit. Le petit la prit sans mot dire. Au bout d'un moment il ralentit le pas et resta en arrière et au bout d'un moment l'homme l'entendit qui jouait. Une musique informe pour les temps à venir. Ou peut-être l'ultime musique terrestre tirée des cendres des ruines. L'homme s'était retourné et le regardait. Perdu dans sa concentration. Triste et solitaire enfant-fée annonçant l'arrivée d'un spectacle ambulant dans un bourg ou un village sans savoir que les acteurs ont tous été enlevés par des loups.

Il était assis en tailleur dans les feuilles en haut d'une arête et inspectait à la jumelle la vallée au-dessous. La forme figée d'une rivière immobile. Les sombres silhouettes des cheminées de brique d'une usine. Des toits d'ardoise. Un ancien château d'eau en bois cerclé d'anneaux métalliques. Aucune fumée. Aucun signe de vie. Il abaissa les jumelles, sans cesser de regarder.
Qu'est-ce que tu vois ? dit le petit.
Rien.
Il lui tendit les jumelles. Le petit se passa la lanière autour du cou et porta les jumelles à ses yeux et ajusta la molette. Tout tellement paisible autour d'eux.
Je vois de la fumée, dit-il.
Où ?
Derrière ces bâtiments.
Quels bâtiments ?
Le petit lui rendit les jumelles et il régla la molette. Le plus pâle ruban. Oui, dit-il. Je la vois.
Qu'est-ce qu'il faut qu'on fasse, Papa ?
Je crois qu'on devrait aller y jeter un coup d'œil. Seulement il faut être prudents. Si c'est une commune ils auront dressé des barricades. Mais ce ne sont peut-être que des réfugiés.

Comme nous.

Oui. Comme nous.

Et si c'est des méchants ?

Il faut prendre le risque. Il faut qu'on trouve quelque chose à manger.

Ils laissèrent le caddie dans les bois et traversèrent une voie de chemin de fer et descendirent un remblai abrupt à travers du lierre noir mort. Il avait le revolver à la main. Reste près de moi, dit-il. Ce qu'il fit. Ils se déplaçaient dans les rues comme des sapeurs du génie. Un pâté de maisons à la fois. Une vague odeur de fumée de bois dans l'air. Ils attendirent dans un magasin tout en surveillant la rue mais rien ne bougeait. Ils fouillèrent dans les détritus et les gravats. Les tiroirs des placards jetés par terre, du papier et des cartons gonflés d'humidité. Ils ne trouvaient rien. Tous les magasins avaient été pillés des années plus tôt, la plupart des vitres enlevées des vitrines. À l'intérieur il faisait presque trop sombre pour voir. Ils gravirent les marches en acier nervuré d'un escalier mécanique, le petit s'agrippant à sa main. Quelques costumes poussiéreux accrochés à un présentoir. Ils cherchaient des chaussures mais il n'y en avait pas. Ils fouillèrent dans les ordures mais il n'y avait rien là qui pût leur servir. En revenant il fit glisser les vestons des costumes de leurs cintres et les secoua et les plia sur son bras. Partons, dit-il.

Il pensait qu'il devait y avoir quelque chose d'oublié mais il n'y avait rien. Ils fouillèrent à coups de pied les détritus entre les rayons d'un magasin d'alimentation. D'anciens emballages et de vieux papiers et l'éternelle cendre. Il inspectait les rayons à la recherche de vitamines. Il ouvrit la porte d'une chambre froide mais l'âcre odeur fétide des morts lui sauta aux narines du fond de l'obscurité et il referma aussitôt. Ils ressortirent dans la rue. Il regardait le ciel gris. Le vague panache de leur haleine. Le petit n'en pouvait plus. Il lui prit la main. Il faut qu'on cherche encore un peu, dit-il. Il faut continuer à chercher.

Les maisons à la périphérie de la ville n'avaient guère davantage à offrir. Ils étaient entrés dans une cuisine par l'escalier de service et commençaient à inspecter les placards. Les portes des placards étaient toutes restées ouvertes. Une boîte de levure. Il la scruta un moment. Ils inspectèrent les tiroirs d'un buffet dans la salle à manger. Ils passèrent dans le séjour. Des rouleaux de papier peint par terre sur le plancher comme d'antiques documents. Il laissa le petit assis sur l'escalier avec les vestons posés sur les marches pendant qu'il allait inspecter les pièces du haut.

Tout empestait l'humidité et la pourriture. Dans la première chambre à coucher un cadavre desséché avec des couvertures autour du cou. Des restes de cheveux pourris sur l'oreiller. Il saisit l'ourlet en bas de la couverture et la tira pour l'arracher du lit et la secoua puis la plia et la prit sous son bras. Il fouilla les bureaux et les penderies. Une robe d'été sur un cintre en fil de fer. Rien. Il redescendit. Il commençait à faire sombre. Il prit le petit par la main et ils sortirent dans la rue par la porte d'entrée.

En haut de la côte il se retourna et contempla la ville. L'obscurité venait vite. L'obscurité et le froid. Il mit deux des vestons sur les épaules du petit, l'engloutissant tout entier, parka et tout.

J'ai très faim, Papa.

Je sais.

On va retrouver nos affaires.

Oui. Je sais où elles sont.

Et si quelqu'un les trouve ?

Personne ne va les trouver.

J'espère que non.

Personne, je te dis. Viens.

Qu'est-ce que c'était que ça ?

Je n'ai rien entendu.

Écoute.

Je n'entends rien.

Ils écoutaient. Puis au loin il entendit un chien aboyer. Il se retourna et regarda du côté de la ville gagnée par l'obscurité. C'est un chien, dit-il.

Un chien ?

Oui.

D'où est-ce qu'il vient ?

Je ne sais pas.

On ne va pas le tuer, hein Papa ?

Non. On ne va pas le tuer.

Il regardait le petit. Frissonnant dans ses vestons. Il se pencha et baisa son front rugueux. On ne va pas faire de mal au chien, dit-il. Je te le promets.

Dans une voiture garée au-dessous d'un échangeur ils dormirent sous les vestons empilés avec la couverture par-dessus. Il voyait dans l'obscurité et le silence des points lumineux apparaître en désordre sur le quadrillage de la nuit. Les étages supérieurs des immeubles étaient tous dans le noir. Il faudrait monter l'eau. On risquerait de s'y faire enfumer. Qu'est-ce qu'ils mangeaient ? Dieu sait. Emmitouflés dans les vestons ils regardaient dehors par le pare-brise. Qui c'est ces gens-là, Papa ?

J'en sais rien.

Il s'était réveillé dans la nuit. Il restait allongé, aux aguets. Il ne pouvait pas se rappeler où il était. L'idée le faisait sourire. Où on est ? dit-il.

Qu'est-ce qu'il y a, Papa ?

Rien. Tout va bien. Dors.

Ça va aller, hein Papa ?

Bien sûr que oui.

Et il va rien nous arriver de mal ?

C'est ça.

Parce qu'on porte le feu.

Oui. Parce qu'on porte le feu.

Au matin il tombait une pluie froide. Même sous l'échangeur elle passait en rafales par-dessus la voiture et elle continuait en dansant de l'autre côté sur la route. Ils étaient assis dans la voiture et guettaient à travers l'eau sur le pare-brise. Le temps que ça se calme une bonne partie de la journée était perdue. Ils laissèrent les vestons et la couverture contre la banquette arrière et s'en allèrent sur la route pour fouiller d'autres maisons. De la fumée de bois dans l'air humide. Ils n'entendirent plus jamais le chien.

Ils trouvèrent quelques ustensiles et quelques vête-ments. Un polo. Un plastique qui pourrait leur servir de bâche. Il était certain qu'on les observait mais il

ne voyait personne. Dans un garde-manger ils trouvèrent un reste de sac de farine de maïs auquel des
rats s'étaient jadis attaqués. Il tamisa la farine en la
passant à travers un morceau de moustiquaire et recueillit
une petite poignée de crottes séchées et ils allumèrent
un feu sur le sol cimenté de la véranda et firent des
galettes avec la farine et les mirent à cuire sur un morceau
de fer-blanc. Puis ils les mangèrent lentement une par
une. Il en restait et il les enveloppa dans du papier et
les mit dans le sac à dos.

Le petit était assis sur les marches quand il vit quelque
chose bouger derrière la maison de l'autre côté de la
route. Un visage qui le regardait. Un petit garçon, à
peu près de son âge, enveloppé dans une veste de laine
trop grande pour lui avec les manches retroussées. Il se
leva. Il traversa la route et remonta l'allée en courant.
Personne par là. Il regarda du côté de la maison puis il
courut au fond de la cour à travers les herbes mortes et
arriva devant un ruisseau noir stagnant. Reviens, criait-il.
Je te ferai pas de mal. Il était en pleurs quand son père
traversa la route au sprint et le saisit par le bras.

Qu'est-ce que tu fais ? siffla-t-il. Qu'est-ce que tu
fais ?

Il y a un petit garçon, Papa. Il y a un petit garçon.

Il n'y a pas de petit garçon. Qu'est-ce que tu fais ?

Si. Il y en a un. Je l'ai vu.

Je t'avais dit de ne pas bouger. Je te l'avais dit oui ou
non ? Maintenant il faut qu'on parte. Viens.

Je voulais seulement le voir, Papa. Je voulais seulement
le voir.

L'homme l'avait saisi par le bras et ils retraversaient
la cour. Le petit n'arrêtait pas de pleurer et il n'arrêtait

pas de se retourner. Viens, dit l'homme. Il faut qu'on
parte.

Je veux le voir, Papa.

Il n'y a personne à voir. Tu veux mourir? C'est ça
que tu veux?

Ça m'est égal, dit le petit en sanglotant. Ça m'est égal.

L'homme s'arrêta. Il s'arrêta et s'accroupit et le serra
contre lui. Je te demande pardon, dit-il. Ne dis pas ça.
Tu ne dois pas dire ça.

Ils retournèrent à l'échangeur par les rues mouillées et
récupérèrent les vestons et la couverture dans la voiture
et continuèrent jusqu'au remblai de la voie de chemin
de fer. Une fois en haut ils traversèrent les voies et une
fois dans les bois ils reprirent le caddie et repartirent
vers l'autoroute.

Et si ce petit garçon n'a personne pour s'occuper de
lui? dit-il. Et s'il n'a pas de papa?

Il y a des gens là-bas. Ils se cachent, c'est tout.

Il poussa le caddie sur la route et s'arrêta. Il voyait la
trace du camion à travers la cendre humide, vague et
délavée, mais bien là. Il avait l'impression de sentir leur
odeur. Le petit tirait sur sa veste. Papa, dit-il.

Quoi?

J'ai peur pour ce petit garçon.

Je sais. Mais il ne va rien lui arriver de mal.

On devrait aller le chercher. On pourrait aller le
chercher et l'emmener avec nous. On pourrait l'emmener
avec nous et on pourrait emmener le chien. Le chien
pourrait attraper quelque chose à manger.

On ne peut pas.

Et je donnerai à ce petit garçon la moitié de ce que
j'ai à manger.

Arrête avec ça. On ne peut pas.

Il s'était remis à pleurer. Et ce petit garçon alors ? Il sanglotait. Et ce petit garçon alors ?

À la nuit tombante ils s'assirent à un carrefour et il étala les lambeaux de la carte sur la route et les examina. Il posa son doigt dessus. Nous on est ici, dit-il. Juste ici. Le petit ne voulait pas regarder. Il examinait le canevas tortueux des routes en rouge et noir sur la carte avec son doigt posé sur l'embranchement où il pensait qu'ils pouvaient se trouver. Comme s'il avait vu leurs minuscules silhouettes accroupies à cet endroit-là. On pourrait y retourner, dit doucement le petit. Ce n'est pas si loin. Il n'est pas trop tard.

Ce fut cette nuit-là un bivouac sans eau dans un bosquet non loin de la route. Ils n'avaient pas trouvé d'abri où allumer un feu qui ne serait pas visible et n'en allumèrent pas. Ils mangèrent deux des galettes de farine de maïs chacun et dormirent blottis l'un contre l'autre par terre dans les vestons et les couvertures. Il tenait l'enfant contre lui et au bout d'un moment l'enfant cessa de trembler et au bout d'un moment il s'endormit.

Le chien dont il se souvient nous a suivis pendant deux jours. J'essayais de l'attirer vers nous mais il n'y avait pas moyen. J'ai fait une boucle de lasso avec du fil de fer pour l'attraper. Il y avait trois cartouches dans le revolver. Pas une seule à gaspiller. Elle a continué le long de la route. Le petit l'a suivie des yeux et ensuite il m'a regardé et ensuite il s'est mis à pleurer en me suppliant de laisser le chien en vie et j'ai promis de ne pas faire de mal au chien. Un treillis de chien avec de la peau tendue par-dessus. Le lendemain le chien était parti. C'est de ce chien-là qu'il se souvient. Il n'y a pas de petit garçon dont il se souvienne.

Il avait mis une poignée de raisins secs dans un chiffon au fond de sa poche et à midi ils s'assirent dans l'herbe morte au bord de la route et les mangèrent. Le petit le regardait. C'est tout ce qu'il y a, hein ? dit-il.

Oui.

On va mourir maintenant ?

Non.

Qu'est-ce qu'on va faire ?

On va boire de l'eau. Et on va continuer de marcher sur la route.

D'accord.

Dans la soirée ils bifurquèrent dans un champ pour trouver un endroit d'où leur feu ne serait pas visible. Traînant le caddie derrière eux sur ce terrain. Si peu de promesses par ici. Demain ils trouveraient quelque chose à manger. La nuit les rattrapa sur une route boueuse. Ils coupèrent à travers champs, avançant à grand-peine vers un lointain bouquet d'arbres, noires silhouettes nues découpées sur le dernier reste du monde visible. Le temps d'y arriver il faisait nuit noire. Il prit la main du petit et entassa à coups de pied des branches et des broussailles et alluma un feu. Le bois était mouillé mais il grattait l'écorce morte avec son couteau et il entassait des broussailles et des morceaux de bois tout autour pour les faire sécher à la chaleur. Puis il étendit par terre la bâche en plastique et sortit du caddie les vestons et les couvertures et il enleva leurs chaussures mouillées et crottées et ils restèrent assis là en silence les mains tendues vers les flammes. Il essayait de trouver quelque chose à dire mais il ne trouvait rien. Il avait éprouvé ce sentiment-là avant, au-delà de l'engourdissement et du morne désespoir. Le monde se contractant autour d'un noyau brut d'entités sécables. Le nom des choses suivant lentement ces choses dans l'oubli. Les couleurs. Le nom des oiseaux. Les choses à manger. Finalement les noms des choses que l'on croyait être vraies. Plus fragiles qu'il ne l'aurait pensé. Combien avaient déjà disparu ? L'idiome sacré coupé de ses référents et par conséquent de sa réalité. Se repliant comme une chose qui tente de préserver la chaleur. Pour disparaître à jamais le moment venu.

Ils dormirent toute la nuit vu l'état d'épuisement dans lequel ils étaient et au matin par terre le feu était mort et noir. Il mit ses chaussures boueuses et partit ramasser du bois, soufflant sur ses mains en cornet. Un froid pareil. On était peut-être en novembre. Peut-être plus tard dans la saison. Il alluma un feu et alla jusqu'à la lisière du bosquet et resta là debout à scruter le paysage. Les champs morts. Une grange au loin.

Ils prirent le long du chemin de terre et le long d'une colline où il y avait eu jadis une maison. Elle avait brûlé depuis longtemps. Le châssis rouillé d'une chaudière encore debout dans l'eau noire de la cave. Des tôles de toiture métallique carbonisées en accordéon dans les champs où elles avaient été soufflées par le vent. Dans la grange ils retirèrent du fond poussiéreux d'une trémie métallique quelques poignées d'une céréale qu'il ne reconnut pas et ils la mangèrent debout, la poussière et le reste. Puis ils repartirent par les champs en direction de la route.

Ils traversèrent les restes d'un verger et longèrent un mur de pierre. Dans leurs rangées régulières les arbres tortus et noirs et par terre un dense caillebotis de branches tombées. Il s'arrêta pour regarder de l'autre côté des champs. Du vent à l'est. La cendre molle se déplaçant dans les sillons. S'arrêtant. Repartant. Il avait vu tout cela avant. Dans les chaumes des formes de sang séché et des rouleaux gris de viscères là où les suppliciés avaient été parés sur place et emmenés. Le mur un peu plus loin arborait une frise de têtes humaines, toutes avec le même visage, desséchées et aplaties, avec leurs sourires crispés et leurs yeux rétrécis. Elles portaient des anneaux d'or à leurs oreilles de cuir et leurs cheveux clairsemés et infects se tordaient au vent sur leurs crânes. Les dents dans leurs alvéoles comme des moulages dentaires, les tatouages grossiers gravés à l'aide d'on ne sait quelle décoction artisanale et presque effacés à la lueur indigente du soleil. Des araignées, des sabres, des cibles. Un dragon. Des slogans en caractères runiques, des professions de foi avec des fautes d'orthographe. D'anciennes cicatrices ornées d'anciens motifs cousus le long des bords. Des têtes qui n'avaient pas perdu leur forme sous les coups de gourdin avaient été dépouillées de leur peau et les crânes avaient été peints et portaient une signature griffonnée d'un côté à l'autre du front et sur un crâne d'os blancs les sutures entre les plaques avaient été soigneusement marquées à l'encre comme sur un calque en vue d'un assemblage. Il se retourna sur le petit. Debout en plein vent à côté du caddie. Il regarda l'herbe sèche là où elle bougeait et les rangées d'arbres sombres et tortus. Quelques lambeaux de vêtements soufflés contre le mur, toute chose grise dans la cendre. Il longea le mur devant les masques pour une dernière inspection et passa un tourniquet et rejoignit le petit qui attendait. Il le prit par l'épaule. Ça va, dit-il. Allons-nous-en.

Il avait fini par voir un message dans de pareils épisodes de l'histoire récente, un message et un avertissement, et ce tableau des suppliciés et des dévorés en était effectivement un. Au matin il se réveilla et se tourna dans la couverture et regarda derrière lui la route entre les arbres du côté d'où ils étaient venus, juste à temps pour les voir apparaître, marchant quatre de front. Habillés de vêtements de toutes sortes, tous avec des foulards rouges à leurs cous. Rouges ou orange, aussi proches du rouge qu'ils avaient pu trouver. Il posa la main sur la tête du petit. Chut, dit-il.

Qu'est-ce qu'il y a, Papa ?

Des gens sur la route. Garde la tête baissée. Ne regarde pas.

Aucune fumée émanant de leur feu mort. Rien du caddie qui fût visible. Il se plaquait au sol et ainsi allongé guettait par-dessus son bras. Une armée en baskets, tapant du pied. Portant des tronçons de tuyau d'un mètre de long garnis de cuir. Des lanières au poignet. Quelques-uns des tuyaux étaient entourés de chaînes avec toutes sortes de casse-tête fixés à leur extrémité. Ils défilaient dans un cliquetis de métal, marchant d'une démarche pendulaire comme des jouets mécaniques.

Barbus, l'haleine fumante à travers leurs masques. Chut, dit-il. Chut. La phalange suivante portait des lances ou des javelots empanachés, les longues lames façonnées avec des ressorts de camion dans quelque forge primitive d'une campagne perdue. Le petit était allongé, le visage dans ses bras, terrifié. Ils passaient à une cinquantaine de mètres à peine, tapant du pied, le sol en tremblait presque. Derrière eux venaient des chariots tirés par des esclaves dans des harnais et chargés de piles de butin de guerre et après cela les femmes, au nombre d'une douzaine peut-être, quelques-unes enceintes, et enfin une compagnie supplémentaire de mignons mal vêtus contre le froid et portant des colliers de chien et attelés deux par deux à un joug. Tous passèrent. Ils restaient allongés tous deux, l'oreille tendue.

Ils sont partis, Papa ?

Oui, ils sont partis.

Tu les as vus ?

Oui.

C'étaient les méchants ?

Oui, c'étaient les méchants.

Il y en a beaucoup, des méchants.

Oui beaucoup. Mais ils sont partis.

Ils s'étaient relevés et s'époussetaient, écoutant le silence au loin.

Où est-ce qu'ils vont, Papa ?

J'en sais rien. Ils sont en marche. C'est pas bon signe.

Pourquoi c'est pas bon signe ?

C'est pas bon, c'est tout. Il faut qu'on sorte la carte et qu'on jette un coup d'œil.

Ils dégagèrent le caddie des broussailles sous lesquelles ils l'avaient caché et il le releva et y empila les couvertures et les vestons et ils le poussèrent jusqu'à la route et s'arrêtèrent pour regarder l'endroit où l'arrière-garde de cette misérable horde semblait s'attarder comme une image rétinienne dans l'air altéré.

Dans l'après-midi il recommença à neiger. Ils regardaient les pâles flocons gris doucement tamisés par la morne pénombre. Ils continuaient, avançant avec peine. Un fin grésil se formait sur la sombre surface de la route. À chaque instant le petit ralentissait, traînant derrière, et il s'arrêta et l'attendit. Reste avec moi, dit-il.

Tu marches trop vite.

Je vais marcher plus lentement.

Ils repartirent.

Ça recommence. Tu ne parles pas.

Mais si je parle.

Tu veux t'arrêter ?

Je veux toujours m'arrêter.

Il faut qu'on soit plus prudents. Il faut que je sois plus prudent.

Je sais.

On va s'arrêter. D'accord ?

D'accord.

Il faut juste qu'on trouve un endroit.

D'accord.

C'était autour d'eux comme un rideau de neige tombante. Il n'y avait rien moyen de voir ni d'un côté ni de l'autre de la route. Il recommençait à tousser et le petit frissonnait. Ils marchaient tous les deux côte à côte sous la bâche de plastique, poussant le caddie dans la neige. Il finit par s'arrêter. Le petit était secoué d'irrépressibles frissons.

Il faut qu'on s'arrête, dit-il.

Il fait très froid.

Je sais.

Où on est ?

Où on est ?

Oui.

J'en sais rien.

Si on allait mourir tu me le dirais ?

J'en sais rien. On ne va pas mourir.

Ils laissèrent le caddie renversé dans un champ de carex et il prit les vestons et les couvertures enroulés dans la bâche en plastique et ils repartirent. Tiens-toi à ma veste, dit-il. Ne la lâche pas. De l'autre côté du carex ils trouvèrent une clôture et l'enjambèrent, chacun abaissant le fil de fer pour l'autre avec ses mains. Le fil de fer était froid et grinçait dans les crampons. L'obscurité tombait vite. Ils continuèrent. Finalement ils arrivèrent à une cédraie, les arbres morts et noirs mais encore assez touffus pour retenir la neige. Au-dessous de chaque arbre un cercle précieux de terre noire et d'humus de cèdre.

Ils s'installèrent sous un arbre et empilèrent les couvertures et les vestons et il enveloppa le petit dans une des couvertures et entassa des aiguilles mortes. Du pied il dégagea un emplacement plus loin dans la neige là où le feu ne risquerait pas d'enflammer l'arbre et il rapporta du bois tombé d'autres arbres, cassant les branches et les secouant pour enlever la neige. Quand il alluma le petit bois à la flamme de son briquet le feu crépita instantanément et il comprit qu'il ne durerait pas longtemps. Il regarda le petit. Il faut que je retourne chercher du bois, dit-il. Je serai dans le coin. D'accord ?

C'est où le coin ?

Ça veut dire pas loin.

D'accord.

Il y avait maintenant quinze centimètres de neige. Il partit entre les arbres en peinant dans la neige, soulevant et tirant les branches tombées qui dépassaient, et le temps d'en ramasser une brassée et de refaire son chemin jusqu'au feu, il ne restait qu'un nid de braises vacillantes. Il jeta les petites branches sur le feu et repartit. Difficile de garder de l'avance. Il faisait de plus en plus sombre dans les bois et la lueur du feu ne portait pas loin. Dès qu'il accélérait il sentait qu'il allait défaillir. Quand il se retourna le petit était là avec de la neige jusqu'aux genoux, ramassant des branches et les entassant dans ses bras.

La neige tombait et n'en finissait pas de tomber. Il resta éveillé toute la nuit, se levant pour ranimer le feu. Il avait déplié la bâche et en avait suspendu une extrémité sous l'arbre dans l'espoir qu'elle leur renvoie la chaleur du feu. Il regardait le visage du petit qui dormait dans la lueur orange. Les joues caves striées de raies noires. Il tentait de refouler sa rage. En vain. Il ne croyait pas que le petit pourrait aller beaucoup plus loin. Même s'il cessait de neiger la route serait pratiquement infranchissable. La neige en tombant chuchotait dans le silence et les étincelles fusaient et s'éteignaient et mouraient dans l'éternelle obscurité.

Il s'était assoupi quand il entendit un craquement dans les bois. Puis un autre. Il se redressa. Le feu était très bas avec seulement quelques flammes éparses entre les braises. Il écoutait. Le long craquement sec de branches qui se déchirent. Puis encore un. Il tendit le bras et secoua le petit. Réveille-toi, dit-il. Il faut partir.

Du revers du poignet le petit se frottait les yeux, chassant le sommeil. Qu'est-ce qui se passe ? dit-il. Qu'est-ce qui se passe, Papa ?

Viens. Il faut partir.

Qu'est-ce qui se passe ?

Les arbres. Ils sont en train de tomber.

Le petit se redressa. Il jetait des regards affolés.

Ça va aller, dit l'homme. Viens. Il faut se dépêcher.

Il empoigna le couchage et le plia et l'enroula dans la bâche. Il leva la tête. La neige lui entrait dans les yeux. Le feu n'était guère plus que des braises et ne donnait pas de lumière et le bois était pratiquement épuisé et les arbres tombaient tout autour dans le noir. Le petit s'agrippait à sa manche. Ils s'éloignèrent et il essaya de trouver un espace libre dans l'obscurité mais finalement il posa la bâche par terre et ils restèrent assis là et il tira les couvertures sur eux en tenant le petit serré contre lui. Le fracas des arbres dans leur chute et les sourdes déflagrations des paquets de neige explosant au sol faisaient trembler les bois. Il tenait le petit et lui disait que tout irait bien et que ça allait bientôt s'arrêter et au bout d'un moment c'est ce qui arriva. La morne démence s'apaisant au loin. Et reprenant, solitaire et plus lointaine. Puis rien. Bon, dit-il. Je crois que c'est fini. Il creusa un tunnel sous l'un des arbres tombés, retirant la neige avec ses bras, ses mains gelées repliées à l'intérieur de ses manches. Ils traînèrent leur couchage dans l'abri et au bout d'un moment ils s'étaient rendormis malgré le froid mordant.

Au point du jour il s'extirpa de leur tanière en rampant sous la bâche lourde de neige. Il se releva et regarda. Il avait cessé de neiger et tout autour les cèdres gisaient sous des monticules de neige et de branches brisées et les quelques troncs encore debout se dressaient dépouillés et comme brûlés dans ce paysage de plus en plus gris. Il se fraya un chemin à travers les congères, laissant le petit dormir sous l'arbre comme un animal en hibernation. La neige lui arrivait presque aux genoux. Dans le champ le carex mort était à peine visible sous la neige et la neige alignait ses traits de rasoir en haut des fils de fer de la clôture et le silence était à bout de souffle. L'homme s'était arrêté et toussait, appuyé contre un poteau. Il n'avait guère idée de l'endroit où se trouvait le caddie et il pensa qu'il était en train de devenir idiot et que sa tête fonctionnait mal. Concentre-toi, dit-il. Il faut que tu réfléchisses. Quand il fit demi-tour pour revenir le petit l'appelait.

Il faut partir, dit-il. On ne peut pas rester ici.
Le petit regardait tristement les congères grises.
Allez, viens.
Ils se frayèrent un chemin jusqu'à la clôture.
Où on va ? dit le petit.
Il faut qu'on retrouve le caddie.
Il ne bougeait pas, les mains sous les emmanchures de sa parka.
Allez viens, dit l'homme. Il faut que tu viennes.

Il s'enfonçait dans les champs coupés de congères. La neige était profonde et grise. Déjà recouverte d'une couche de cendre fraîche. Il fit encore quelques mètres puis se retourna et regarda derrière lui. Le petit était tombé. Il lâcha le balluchon de couvertures et la bâche et revint sur ses pas pour relever le petit. Il était déjà secoué de frissons. Il le releva et le serra contre lui. Pardon, dit-il. Pardon.

Il leur fallut pas mal de temps pour trouver le caddie. Il le sortit de la congère et le redressa et dégagea le sac à dos et le secoua et l'ouvrit et y fourra une des couvertures. Il mit le sac et les autres couvertures et les vestons dans le panier du caddie et souleva le petit et l'assit par-dessus pour défaire ses lacets et lui enlever ses chaussures. Il sortit son couteau et entreprit de découper un des vestons et d'envelopper les pieds du petit. Il se servit du veston tout entier puis il découpa de grands carrés de plastique dans la bâche et en les tenant par-dessous il les enroula autour des pieds du petit puis les noua à ses chevilles avec la doublure des manches du veston. Il fit un pas en arrière. Le petit baissait les yeux. À toi maintenant, Papa, dit-il. Il enveloppa le petit dans un des vestons puis il s'assit sur la bâche dans la neige et à son tour se banda les pieds. Il se releva et se réchauffa les mains dans sa parka puis il rangea leurs chaussures dans le sac à dos avec les jumelles et le camion du petit. Il secoua la bâche et la plia et l'attacha en haut du sac avec les autres couvertures et hissa le sac sur son épaule et jeta encore un coup d'œil dans le panier mais il en avait terminé. Allons-y, dit-il. Le petit se retourna et regarda une dernière fois le caddie et le suivit en direction de la route.

C'était encore plus dur qu'il ne l'aurait imaginé. Au bout d'une heure ils avaient peut-être parcouru un peu plus d'un kilomètre. Il fit halte et se retourna vers le petit. Il s'était arrêté et attendait.

Tu crois qu'on va mourir, c'est ça ?

J'sais pas.

On ne va pas mourir.

D'accord.

Mais tu ne me crois pas.

J'sais pas.

Pourquoi tu crois qu'on va mourir ?

J'sais pas.

Arrête de dire j'sais pas.

D'accord.

Pourquoi tu crois qu'on va mourir ?

On n'a rien à manger.

On va trouver quelque chose.

D'accord.

Combien de temps tu crois qu'on peut tenir sans manger ?

J'sais pas.

Mais combien de temps à ton avis ?

Peut-être quelques jours.

Et qu'est-ce qui arrive après ? On tombe mort d'un seul coup ?

Oui.

Eh bien non. Ça prend longtemps. On a de l'eau. C'est le plus important. On ne tient pas très longtemps sans eau.

D'accord.

Mais tu ne me crois pas.

J'sais pas.

Il ne le quittait pas des yeux. Debout dans la neige les mains dans les poches du veston rayé trop grand pour lui.

Tu crois que je te mens ?

Non.

Mais tu crois que je pourrais te mentir quand tu me demandes si on va mourir.

Oui.

D'accord. Je pourrais. Mais on ne va pas mourir.

D'accord.

Il examinait le ciel. Il y avait des jours où la couverture de cendre était moins épaisse et à présent les arbres dressés le long de la route projetaient les plus timides des ombres sur la neige. Ils continuaient. Le petit avait beaucoup de mal. Il s'arrêta et vérifia ses pieds et resserra le plastique. Quand la neige commencerait à fondre ils pourraient difficilement garder leurs pieds au sec. Ils s'arrêtaient souvent pour se reposer. Il n'avait pas la force de porter l'enfant. Ils s'assirent sur le paquetage et mangèrent des poignées de neige sale. Quand arriva l'après-midi la neige commençait à fondre. Ils passèrent devant une maison incendiée dont il ne restait que la cheminée de brique dans la cour. Ils furent sur la route tout le jour durant, pour ce qu'il y avait de jour. Juste quelques heures. Ils avaient peut-être parcouru cinq kilomètres.

Il pensait que la route serait tellement mauvaise qu'il n'y aurait personne mais il se trompait. Ils bivouaquaient pratiquement sur la route même et ils avaient allumé un grand feu, sortant des branches mortes de la neige et les traînant et les entassant sur les flammes où elles sifflaient et faisaient de la vapeur. Rien à faire. Les quelques couvertures qu'ils avaient ne pouvaient pas leur tenir chaud. Il s'efforçait de rester éveillé. Il émergeait brusquement du sommeil et se redressait en cherchant le revolver avec des gestes affolés. Le petit était tellement maigre. Il le regardait dormir. Les traits tirés et les yeux creux. Une étrange beauté. Il se leva et revint avec une nouvelle brassée de bois qu'il jeta sur le feu.

Ils allèrent jusqu'à la route et s'arrêtèrent. Il y avait des traces dans la neige. Un chariot. Une sorte de véhicule à roues. Quelque chose qui devait avoir des pneus en caoutchouc d'après les minces empreintes de la bande de roulement. Des empreintes de bottes entre les roues. Quelqu'un était passé dans l'obscurité en direction du sud. Au plus tard à la première lueur de l'aube. Circulant de nuit sur la route. Il y avait de quoi réfléchir. Il marchait avec précaution en suivant les empreintes. Ils étaient passés à une centaine de mètres du feu sans même ralentir pour jeter un coup d'œil. Il était debout, regardant la route derrière eux. Le petit l'observait.

Il faut qu'on sorte de la route.

Pourquoi, Papa ?

Quelqu'un va venir.

C'est des méchants ?

Oui. Je le crains.

Ça pourrait être des gentils. Pourquoi pas ?

Il ne répondit pas. Il regardait le ciel par habitude mais il n'y avait rien à voir.

Qu'est-ce qu'on va faire, Papa ?

Partons.

On ne peut pas retourner à notre feu ?

Non. Viens. On n'a sans doute pas beaucoup de temps.

J'ai très faim.

Je sais.

Qu'est-ce qu'on va faire ?

Il faut qu'on se cache quelque part. Qu'on quitte la route.

Ils ne verront pas nos traces ?

Si.

Qu'est-ce qu'on peut y faire ?

J'en sais rien.

Ils sauront ce qu'on est ?

Quoi ?

S'ils voient nos traces. Ils sauront ce qu'on est ?

Il s'était retourné sur les larges empreintes circulaires qu'ils laissaient dans la neige.

Ils en auront une idée, dit-il.

Puis il s'arrêta.

Il faut qu'on réfléchisse. Retournons au feu.

Il avait pensé qu'ils trouveraient un endroit sur la route où la neige aurait complètement fondu mais ensuite il se dit que puisque leurs empreintes ne réapparaîtraient pas de l'autre côté ça ne servirait à rien. Du pied ils entassèrent de la neige sur le feu puis se mirent à marcher en tournant en rond entre les arbres et revinrent. Ils repartirent aussitôt, laissant un labyrinthe d'empreintes puis ils reprirent au nord à travers les bois en gardant la route en vue.

L'emplacement qu'ils avaient choisi était simplement le point le plus élevé auquel ils étaient parvenus et offrait des perspectives au nord le long de la route et une vue plongeante sur leurs propres traces. Il étendit la bâche sur la neige mouillée et enveloppa le petit dans les couvertures. Tu vas avoir froid, dit-il. Mais on ne restera peut-être pas ici longtemps. Au bout d'une heure deux hommes passèrent en bas sur la route, presque au pas de gymnastique. Quand ils se furent éloignés il se leva pour les observer. Et à l'instant où il se levait ils s'arrêtèrent et l'un des deux se retourna. Il se figea. Il était enveloppé dans une des couvertures grises et il aurait été difficile de le voir mais pas impossible. Il pensa qu'ils avaient probablement senti la fumée. Ils restèrent un moment à discuter. Puis ils repartirent. Il s'assit. Ça va, dit-il. Il faut seulement qu'on attende. Mais je crois que ça va.

Ils n'avaient pris aucune nourriture et n'avaient guère dormi depuis cinq jours et ce fut dans cet état qu'ils arrivèrent dans les faubourgs d'une petite ville devant une maison jadis grandiose située sur une hauteur au-dessus de la route. Le petit s'était arrêté et ne lâchait pas sa main. La neige avait en grande partie fondu sur le macadam et dans les champs et les bois exposés au sud. Les sacs en plastique qu'ils portaient aux pieds étaient depuis longtemps usés et déchirés et ils avaient les pieds transis et mouillés. La maison était haute et majestueuse avec des colonnes doriques blanches sur toute la largeur de la façade. Une porte cochère sur le côté. Une allée de gravier qui montait en tournant à travers une prairie d'herbe morte. Les fenêtres étaient curieusement intactes.

Qu'est-ce que c'est que cet endroit, Papa ?

Chut. Attendons un moment et écoutons.

Il n'y avait rien. Le frémissement du vent dans les fougères mortes au bord de la route. Un grincement au loin. Une porte ou un volet.

Je crois qu'on devrait aller jeter un coup d'œil.

Papa n'y allons pas.

Ça va aller.

Je ne crois pas qu'on devrait y aller.

Ça va. Il faut qu'on aille voir.

Ils s'approchaient en montant lentement l'allée. Aucune empreinte dans les plaques éparses de neige fondante. Une haute clôture de troènes morts. Un antique nid d'oiseau dans le sombre entrelacs des tiges. Ils s'arrêtèrent dans la cour, contemplant la façade. Les briques des murs avaient été façonnées à la main, pétries avec la terre sur laquelle était érigée la maison. Contre les colonnes et du haut des soffites gondolés pendaient de longues bandes desséchées de peinture écaillée. Une lampe accrochée en haut à une longue chaîne. Le petit s'agrippait pendant qu'ils montaient les marches. Une des fenêtres était entrouverte et il en sortait un cordon qui disparaissait dans l'herbe de l'autre côté de la véranda. Il prit la main du petit et ils traversèrent la véranda. Des domestiques en esclavage avaient jadis foulé ces planches, portant nourriture et boissons sur des plateaux d'argent. Ils s'approchèrent de la fenêtre et regardèrent à l'intérieur.

Et s'il y avait quelqu'un ici, Papa ?

Il n'y a personne.

On ferait mieux de partir, Papa.

Il faut qu'on trouve quelque chose à manger. On n'a pas le choix.

On pourrait trouver quelque chose ailleurs.
Ça va aller. Viens.

Il sortit le revolver de dessous sa ceinture et essaya
la porte. Elle s'ouvrit lentement sur ses massifs gonds
de cuivre. Ils attendirent, dressant l'oreille. Puis ils
s'avancèrent dans un vaste vestibule carrelé d'un domino
de marbre noir et blanc. Une large montée d'escalier.
Un élégant papier Morris sur les murs, taché d'eau et
décollé. Le plafond de plâtre avait gonflé et présentait de
grosses boursouflures et la moulure jaunie à dentelures
était déformée et se détachait du haut des murs. À gauche,
passé l'encadrement de la porte, se dressait un grand
buffet en noyer dans ce qui avait sans doute été la salle
à manger. Les portes et les tiroirs avaient disparu mais
le reste était trop encombrant pour être brûlé. Ils s'étaient
arrêtés sur le seuil. Il y avait par terre une grosse pile de
vêtements dans un coin de la pièce. Des habits et des
chaussures. Des ceintures. Des vestes. Des couvertures
et de vieux sacs de couchage. Il aurait amplement le
temps plus tard de s'en occuper. Le petit s'agrippait à
sa main. Il était terrifié. Il y avait encore une pièce de
l'autre côté et ils traversèrent le vestibule et entrèrent.
Une sorte d'immense salon avec un plafond qui avait
deux fois la hauteur des portes. Une cheminée aux
briques nues là où le bois du manteau et de l'entourage
avait été arraché pour servir de bois de feu. Des matelas
et de la literie traînaient par terre devant le foyer. Papa,
chuchotait le petit. Chut, dit l'homme.

Les cendres étaient froides. Il y avait ici et là des
casseroles noircies. Il s'assit sur les talons et en prit

une et la renifla et la reposa. Il se releva et regarda par la fenêtre. De l'herbe grise piétinée. De la neige grise. Le cordon qui passait par la fenêtre était attaché à une cloche de cuivre et la cloche était fixée dans un grossier châssis en bois cloué à la moulure de la fenêtre. Il tenait la main du petit et ils prirent au fond un étroit couloir qui menait à la cuisine. Des tas de détritus partout. Un évier taché de rouille. Une odeur de moisi et d'excréments. Ils passèrent dans la petite pièce contiguë, peut-être un office.

Dans le plancher de cette pièce il y avait une porte ou une trappe et elle était verrouillée avec un énorme moraillon fait de plaques d'acier empilées l'une sur l'autre. Il l'examina longuement.

Papa, dit le petit. On ferait mieux de partir. Papa.

Il y a une raison si c'est cadenassé.

Le petit le tirait par la main. Il était presque en larmes. Papa ? disait-il.

Il faut qu'on mange.

J'ai pas faim, Papa. J'ai pas faim.

Il faut qu'on trouve un pied-de-biche ou quelque chose.

Ils sortirent par la porte de service, le petit ne le lâchait pas. Il fourra le revolver sous sa ceinture et s'arrêta, balayant la cour du regard. Il y avait une allée pavée de briques et la forme tordue et squelettique de ce qui avait été jadis une rangée de buis. Dans la cour une vieille herse en fer reposait sur des piles de briques et on avait coincé entre ses barreaux un chaudron en fonte d'une centaine de litres du type de ceux dont on se servait autrefois pour l'équarrissage des porcs. Au-dessous il y avait les cendres d'un feu et des billes de bois noircies. Et un peu plus loin sur le côté un petit chariot équipé de pneus en caoutchouc. Toutes choses qu'il voyait sans les voir. De l'autre côté de la cour se dressaient un ancien fumoir en bois et un hangar à outils. Il traversa en traînant l'enfant derrière lui ou presque et entreprit de trier les outils posés debout dans un fût sous le toit du hangar. Il en sortit une pelle à long manche et la soupesa dans sa main. Viens, dit-il.

De retour dans la maison il attaqua le bois autour du moraillon et finalement il réussit à coincer la lame sous l'arceau et à le soulever par en dessous. L'arceau était vissé dans le bois et tout sauta, le cadenas et le reste. Il poussa du pied la lame de la pelle sous le bord des planches et fit une pause et sortit son briquet. Puis il se mit debout sur le talon de la pelle et souleva le bord de la trappe et se baissa et l'empoigna. Papa, chuchotait le petit.

Il s'arrêta. Écoute-moi, dit-il. Arrête à la fin. On est en train de mourir de faim. Tu comprends ? Puis il souleva la porte de la trappe et la fit basculer et la laissa retomber derrière sur le plancher.

Attends ici, dit-il.

Je viens avec toi.

Je croyais que tu avais peur.

J'ai peur.

Bon. Reste près de moi.

Il commença à descendre les grossières marches de bois. Il baissa la tête puis alluma le briquet, balançant la flamme devant lui dans l'obscurité comme une offrande. Le froid et l'humidité. Une abominable puanteur. Le petit s'agrippait à sa veste. Il apercevait une partie d'un mur de pierre. Un sol de terre battue. Un vieux matelas maculé de taches sombres. Il s'accroupit et descendit un peu plus bas, tenant la flamme au bout de son bras tendu. Tapis contre le mur du fond il y avait des gens tout nus, des hommes et des femmes, tous essayant de se cacher, protégeant leurs visages avec leurs mains. Sur le matelas gisait un homme amputé des jambes jusqu'aux hanches et aux moignons brûlés et noircis. L'odeur était atroce.

Mon Dieu, fit-il.

Puis, un par un, ils tournèrent la tête, clignant des yeux dans la misérable lueur. Ils chuchotaient : Aidez-nous. S'il vous plaît, aidez-nous.

Mon Dieu, dit-il. Oh Seigneur.

Il se retourna et empoigna le petit. Vite, dit-il. Vite.

Il avait lâché le briquet. Pas le temps de chercher. Il poussait le petit en haut des marches. Aidez-nous, criaient-ils.

Dépêche-toi.

Un visage barbu apparut au pied de l'escalier, clignant des yeux. S'il vous plaît, criait-il. S'il vous plaît.

Dépêche-toi. Pour l'amour de Dieu dépêche-toi.

Il poussa le petit par l'ouverture de la trappe et l'envoya faire la culbute sur le plancher. Il se redressa et se saisit de la porte et la souleva et la laissa retomber violemment et il se tourna pour empoigner le petit mais le petit s'était relevé et faisait sa petite danse de terreur. Vas-tu venir pour l'amour de Dieu, siffla-t-il. Mais le petit avait le doigt pointé sur la fenêtre et sur ce qu'il y avait dehors et quand il regarda il se sentit transir. Il y avait quatre barbus et deux femmes qui s'approchaient de la maison par la prairie. Il saisit le petit par la main. Seigneur, dit-il. Cours, cours.

Ils s'élancèrent à travers la maison jusqu'à la porte principale et dévalèrent les marches. À mi-chemin dans l'allée il entraîna le petit dans la prairie. Il regarda en arrière. Ils étaient en partie cachés par les ruines des troènes mais il savait qu'ils avaient au mieux quelques minutes, et peut-être pas de minutes du tout. En bas de la prairie ils plongèrent dans une jonchère décimée et en ressortirent sur la route et traversèrent et entrèrent dans les bois de l'autre côté. Il serrait plus fort le poignet du petit. Cours, chuchotait-il. Il faut qu'on coure. Il tourna la tête vers la maison mais il ne pouvait rien voir. S'ils prenaient par l'allée ils le verraient courir entre les arbres avec le petit. C'est le moment. C'est le moment. Il se laissa tomber à terre et tira le petit contre lui. Chut, disait-il. Chut.

Ils vont nous tuer ? Papa ?

Chut.

Ils étaient allongés dans les feuilles et la cendre, leurs cœurs leur martelant la poitrine. Il était sur le point de tousser. Il se serait mis la main sur la bouche mais le petit s'agrippait à sa main et ne lâcherait pas prise et dans l'autre main il tenait le revolver. Il devait se concentrer pour réprimer la quinte de toux et en même temps il s'efforçait d'écouter. Il déplaçait son menton à travers les feuilles, s'efforçant de voir. Garde la tête baissée, souffla-t-il.

Ils viennent ?

Non.

Ils rampèrent lentement à travers les feuilles vers ce qui semblait être un creux. Il écoutait, allongé par terre, tenant toujours le petit. Il les entendait qui parlaient sur la route. Une voix de femme. Puis il les entendit dans les feuilles sèches. Il prit la main du petit et y poussa le revolver. Prends-le, souffla-t-il. Prends-le. Le petit était terrifié. Il l'entourait de son bras et le serrait contre lui. Son corps si mince. N'aie pas peur, dit-il. S'ils te trouvent il va falloir que tu le fasses. Tu comprends ? Chut. Ne pleure pas. Tu m'entends ? Tu sais comment t'y prendre. Tu le mets dans ta bouche en le pointant vers le haut. Presse vite et fort. Tu comprends ? Arrête de pleurer. Tu comprends ?

Je crois.

Non. Tu comprends ?

Oui.

Dis oui Papa je comprends.

Oui Papa je comprends.

Il baissa les yeux sur l'enfant. Tout ce qu'il voyait c'était la peur. Il lui reprit le revolver. Non, tu ne comprends pas, dit-il.

J'sais pas quoi faire, Papa. J'sais pas quoi faire. Où tu seras ?

Ça va aller.

J'sais pas quoi faire.

Chut. Je suis ici près de toi. Je ne vais pas te laisser.

Tu promets.

Oui. Je promets. J'allais partir en courant. Pour essayer de les mettre sur une fausse piste. Mais je ne peux pas te laisser.

Papa ?

Chut. Reste allongé.
J'ai tellement peur.
Chut.

Ils étaient plaqués au sol, dressant l'oreille. En es-tu capable ? Le moment venu ? Le moment venu il ne sera plus temps. Le moment c'est maintenant. Maudis Dieu et meurs. Et si le coup ne part pas ? Il faut que le coup parte. Mais s'il ne part pas ? Pourrais-tu écraser avec une pierre ce crâne chéri ? Y a-t-il en toi une pareille créature dont tu ne sais rien ? Est-ce possible ? Tiens-le dans tes bras. Juste comme ça. L'âme est prompte. Presse-le contre toi. Embrasse-le. Vite.

Il attendait. Le petit revolver nickelé dans sa main. Il était sur le point de tousser. Il mettait toute son énergie à se retenir. Il s'efforçait d'écouter mais il n'entendait rien. Je ne t'abandonnerai pas, chuchotait-il. Je ne t'abandonnerai jamais. Tu comprends ? Il resta allongé dans les feuilles, étreignant l'enfant qui tremblait. Serrant dans sa main le revolver. Tant que dura le long crépuscule et jusque dans la nuit. Froide et sans étoiles. Bénie. Il commençait à croire qu'ils avaient une chance. Il faut juste qu'on attende, chuchotait-il. Un froid pareil. Il tentait de réfléchir mais son esprit flottait. Il était tellement faible. Il pouvait toujours parler de courir. Il était incapable de courir. Quand il fit vraiment noir tout autour il défit les courroies du sac à dos et sortit les couvertures et les déplia sur le petit et bientôt le petit était endormi.

Pendant la nuit il entendit d'atroces hurlements qui venaient de la maison et il mit ses mains sur les oreilles du petit et au bout d'un moment les cris cessèrent. Il écoutait. En venant ils étaient arrivés à la route par la jonchère et il avait vu une cabane. Une sorte de guignol pour enfants. Il comprit que c'était là qu'ils se postaient pour surveiller la route. Attendant en embuscade et actionnant la cloche dans la maison pour appeler leurs acolytes. Il somnolait et se réveillait. Qui s'approche ? Des bruits de pas dans les feuilles. Non. Ce n'est que le vent. Rien. Il s'assit et regarda vers la maison mais il ne voyait que l'obscurité. Il secoua le petit pour le réveiller. Viens, dit-il. Il faut partir. Le petit ne répondait pas mais il savait qu'il était réveillé. Il reprit les couvertures et les sangla sur le sac à dos. Viens, chuchota-t-il.

Ils partirent à travers les bois plongés dans l'obscurité. Il y avait une lune quelque part au-dessus du linceul de cendre et ils arrivaient juste à voir les arbres. Ils titubaient comme des ivrognes. S'ils nous trouvent, ils nous tueront, hein Papa ?

Chut. On ne parle plus.

Hein, Papa ?

Chut. Oui. Ils nous tueront.

Il n'avait aucune idée de la direction qu'ils avaient pu prendre et ce qu'il craignait c'était de tourner en rond et de se retrouver devant la maison. Il essayait de se rappeler s'il savait quelque chose à ce sujet ou si ce n'était qu'une fable. Dans quelle direction tournent les gens égarés ? Ça changeait peut-être selon les hémisphères. Ou selon qu'on était droitier ou gaucher. Finalement il chassa cette idée de son esprit. L'idée qu'il pût y avoir quelque chose par rapport à quoi opérer une correction. Son intelligence le trahissait. Des fantômes dont on était sans nouvelles depuis un millénaire qui s'éveillaient lentement de leur sommeil. Rectifier par rapport à ça. Le petit ne tenait plus sur ses jambes. Il demandait qu'on le porte, trébuchant et articulant à peine, et l'homme le souleva pour le porter et le petit s'endormit instantanément sur ses épaules. Il savait qu'il ne pourrait pas le porter loin.

Il se réveilla allongé sur les feuilles dans l'obscurité des bois, secoué de violents frissons. Il se redressa, cherchant à tâtons autour de lui pour trouver le petit. Il gardait la main sur les côtes décharnées. La chaleur et le mouvement. Le battement du cœur.

Quand il se réveilla de nouveau il faisait presque assez clair pour voir. Il rejeta la couverture et se leva et faillit retomber. Il reprit l'équilibre et essaya de voir quelque chose autour de lui dans la grisaille des bois. Étaient-ils allés assez loin ? Il alla en haut d'une butte et regarda venir le jour. L'aube charbonneuse, le monde froid et opaque. Au loin ce qui semblait être un bois de pins, nu et noir. Un monde incolore de fil de fer et de crêpe. Il retourna auprès du petit et le fit asseoir. À chaque instant sa tête retombait sur sa poitrine. Il faut partir, dit-il. Il faut partir.

Il traversa le champ avec le petit sur ses épaules, comptant et s'arrêtant tous les cinquante pas. Arrivé aux pins il s'agenouilla et le déposa dans l'humus piquant et déplia sur lui les couvertures et s'assit sans le quitter des yeux. On eût dit une créature au sortir d'un camp de la mort. Affamé, épuisé, malade de peur. Il se pencha et lui donna un baiser et se leva et alla à la lisière du bois et inspecta les alentours pour s'assurer qu'ils étaient en sécurité.

Au sud de l'autre côté des champs il apercevait le contour d'une maison et d'une étable. Au-delà des arbres, la courbe d'une route. Une longue allée d'herbe morte. Du lierre mort le long d'un mur de pierre et une boîte aux lettres et une clôture le long de la route et les arbres morts au-delà. Froids et silencieux. Noyés de brouillard charbonneux. Il revint s'asseoir à côté du petit. C'était le désespoir qui l'avait conduit à tant d'imprudence et il savait qu'il ne pourrait pas recommencer. Quoi qu'il arrive.

Le petit ne se réveillerait pas avant plusieurs heures. Mais s'il se réveillait il serait terrifié. C'était déjà arrivé avant. Il pensa le réveiller mais il savait qu'il ne se souviendrait de rien s'il le réveillait. Il l'avait entraîné à rester tapi dans les bois comme un faon. Pendant combien de temps ? Finalement il sortit le revolver de dessous sa ceinture et le posa à côté du petit sous les couvertures et se leva et partit.

Il arriva à l'étable en descendant la colline qu'il y avait au-dessus, s'arrêtant pour regarder et pour écouter. Il se fraya un chemin à travers les ruines d'une ancienne pommeraie, des souches noires et noueuses, de l'herbe morte qui lui arrivait aux genoux. Il s'arrêta sur le seuil de l'étable et tendit l'oreille. De pâles stries de lumière. Il longea les stalles poussiéreuses. Il s'arrêta au milieu de l'étable, guettant les bruits, mais il n'y avait rien. Il commença à gravir l'échelle du grenier mais il était tellement faible qu'il n'était pas certain d'arriver en haut. Il alla au fond du grenier et regarda dehors par la haute fenêtre à pignon, la campagne au-dessous, la terre morcelée grise et morte, la clôture, la route.

Il y avait des balles de foin par terre dans le grenier et il s'accroupit et tria une poignée de graines et commença à les mâcher. Râpeuses et sèches et poussiéreuses. Elles devaient bien avoir une valeur nutritive quelconque. Il se releva et fit rouler deux balles de foin sur le plancher et les fit tomber en bas dans l'étable. Deux chocs mous et de la poussière. Il retourna à la fenêtre à pignon et resta un moment à examiner ce qu'il pouvait voir de la maison derrière le coin de l'étable. Puis il redescendit l'échelle.

L'herbe entre la maison et l'étable semblait vierge de toute trace de pas. Il alla jusqu'à la véranda. La moustiquaire pourrie et en train de s'écrouler. Un vélo d'enfant. La porte de la cuisine était ouverte et il traversa la véranda et s'arrêta sur le seuil. Des panneaux de contreplaqué bas de gamme tirebouchonnés sous l'effet de l'humidité. Sur le point de tomber. Une table rouge en formica. Il traversa la cuisine et ouvrit la porte du réfrigérateur. Il y avait quelque chose sur un des plateaux dans un manteau de fourrure grise. Il referma la porte. Des détritus partout. Il trouva un balai dans un coin et se mit à fouiller avec le manche. Il grimpa sur le plan de travail et chercha à tâtons dans la poussière en haut des étagères. Une souricière. Un paquet de quelque chose. Il souffla pour enlever la poussière. C'était une poudre parfumée au raisin pour préparer des boissons. Il mit le paquet dans la poche de sa veste.

Il inspectait la maison pièce par pièce. Il ne trouvait rien. Une cuillère dans le tiroir d'une table de chevet. Il la mit dans sa poche. Il pensait qu'il pourrait y avoir des vêtements dans un placard ou de la literie mais il n'y en avait pas. Il sortit et passa dans le garage. Il tria les outils. Des râteaux. Une pelle. Sur un rayon des bocaux contenant des clous et des boulons. Un cutter. Il le tendit dans la lumière et examina la lame rouillée et le remit dans le bocal. Puis il le reprit. Il sortit un tournevis d'une boîte à café en métal et dévissa le manche du cutter. Il y avait quatre lames neuves à l'intérieur. Il retira la vieille lame et la posa sur le rayon et mit une lame neuve et revissa le manche et replia la lame et fourra le cutter dans sa poche. Puis il ramassa le tournevis et le mit aussi dans sa poche.

Il sortit et retourna à l'étable. Il avait un bout de chiffon dont il comptait se servir pour y mettre les graines des balles de foin mais en arrivant à l'étable il s'arrêta pour écouter le bruit que faisait le vent. Un grincement métallique quelque part en haut dans la toiture. Il y avait encore une odeur persistante de vaches dans l'étable et il resta un moment à penser aux vaches puis il se rendit compte que l'espèce était éteinte. Était-ce vrai ? Il se pourrait qu'il y eût une vache quelque part qu'on

nourrissait et dont on prenait soin. Serait-ce possible ?
Nourrie avec quoi ? Épargnée pour faire quoi ? Au-delà
de la porte ouverte l'herbe morte crissait sèchement
dans le vent. Il sortit et s'arrêta pour regarder de l'autre
côté des champs vers le bois de pins où le petit était
allongé et dormait. Il traversait le verger quand il s'arrêta
encore une fois. Il avait marché sur quelque chose. Il
fit un pas en arrière et s'agenouilla et écarta l'herbe
avec ses mains. C'était une pomme. Il la ramassa et la
tendit dans la lumière. Dure et brune et ridée. Il l'essuya
avec le chiffon et mordit dedans. Desséchée et presque
sans goût. Mais une pomme. Il la mangea entièrement,
pépins et tout. Il garda la queue entre le pouce et l'index
et finit par la lâcher. Puis il repartit en posant le pied
délicatement dans l'herbe. Ses pieds étaient encore
enveloppés dans les restes du veston et les lambeaux de
la bâche et il s'assit et défit les bandages et les fourra
dans sa poche et repartit nu-pieds entre les rangées.
Le temps d'arriver au fond du verger il avait quatre
pommes de plus et il les mit dans sa poche et revint sur
ses pas. Il avançait rangée par rangée, ses pas traçant un
puzzle dans l'herbe. Il avait plus de pommes qu'il n'en
pouvait porter. Il palpait les espaces entre les troncs et il
remplissait ses poches à les faire craquer et il empilait
des pommes dans le capuchon de sa parka derrière sa
tête et il entassait des pommes contre sa poitrine sur
ses avant-bras. Il en fit une pile à la porte de l'étable et
s'assit et enveloppa ses pieds engourdis.

Dans la souillarde derrière la cuisine il avait vu un
vieux panier d'osier plein de bocaux. Il sortit le panier
et le posa par terre et en retira les bocaux puis il retourna
le panier et tapota le fond pour enlever la saleté. Puis il

s'arrêta. Qu'avait-il vu ? Une descente de gouttière. Un treillis. Et le long de ce treillis le sombre serpentin d'une vigne comme le tracé d'on ne sait quel phénomène sur un graphique. Il se releva et traversa la cuisine et sortit par la cour et s'arrêta pour regarder la maison. Les fenêtres renvoyant l'anonyme jour gris. Le tuyau arrivait à l'angle de la véranda. Il tenait encore le panier et il le posa par terre dans l'herbe et remonta les marches. La descente de gouttière longeait le poteau d'angle de la véranda et aboutissait dans une citerne en ciment. Il retira du couvercle les détritus et les morceaux de moustiquaire pourrie. Il retourna à la cuisine et prit le balai et ressortit et balaya le couvercle et posa le balai dans le coin et retira le couvercle de la citerne. À l'intérieur il y avait un plateau rempli d'une humide boue grise provenant du toit mélangée à un compost de feuilles mortes et de brindilles. Il retira le plateau et le posa par terre. Au-dessous c'était du gravier blanc. Il en prit une poignée. Plus bas la citerne était remplie de charbon de bois, du carbone à l'effigie des arbres eux-mêmes, des morceaux obtenus en brûlant des billons et des branches entières. Il remit le plateau en place. Il y avait dans le plancher un anneau en cuivre vert-de-grisé. Il allongea le bras et reprit le balai et balaya la cendre. Il y avait des traits de sciage dans les planches. Il nettoya les planches avec le balai et s'agenouilla et replia les doigts dans l'anneau et souleva la porte de la trappe et l'ouvrit. En bas au fond dans l'obscurité il y avait une cuve remplie d'une eau si douce qu'on pouvait en sentir l'odeur. Il se mit à plat ventre par terre et plongea le bras dans la cuve. Il pouvait à peine toucher l'eau. Il s'approcha en rampant et plongea de nouveau le bras et puisa une pleine poignée d'eau et renifla et goûta et ensuite il but. Il resta allongé là un bon moment, puisant et portant l'eau à sa bouche une main à la fois. Rien dans son souvenir nulle part de n'importe quoi d'aussi bon.

Il retourna dans la souillarde et revint avec deux bocaux et une vieille bassine bleue émaillée. Il essuya soigneusement la bassine et la plongea et la retira pleine d'eau et s'en servit pour nettoyer les bocaux. Puis à bout de bras il plongea un des bocaux dans la cuve et attendit qu'il se remplisse et le ressortit ruisselant. L'eau était si limpide. Il leva le bocal pour l'examiner à la lumière. Une seule particule de sédiment tournant lentement dans le bocal sur on ne sait quel axe hydraulique. Il inclina le bocal et but. Il buvait lentement mais il but quand même presque tout le bocal. Il resta assis un moment, avec une boule dans l'estomac. Il aurait pu boire encore mais il se retenait. Il versa le reste de l'eau dans l'autre bocal et le rinça et remplit les deux bocaux puis il remit le couvercle de bois sur la citerne et se leva et avec ses poches pleines de pommes et les bocaux remplis d'eau il repartit à travers champs en direction du bois de pins.

Il était parti plus longtemps qu'il n'en avait eu l'intention et il pressait le pas autant qu'il le pouvait, l'eau brimbalant et gargouillant dans la panse rétrécie de son ventre. Il s'arrêtait pour se reposer et repartait. Quand il arriva au bois apparemment le petit n'avait même pas bougé et il s'agenouilla et posa doucement les bocaux dans l'humus et reprit le revolver et le passa sous sa ceinture puis resta assis, son regard fixé sur l'enfant.

Ils passèrent l'après-midi enveloppés dans les couvertures à manger des pommes. Buvant à petites gorgées l'eau des bocaux. Il sortit de sa poche le paquet d'arôme au raisin et l'ouvrit et le versa dans le bocal et remua et passa le bocal au petit. Tu as bien travaillé, Papa, dit le petit. Il dormit pendant que le petit montait la garde et le soir venu ils reprirent leurs chaussures et les mirent aux pieds et descendirent à la ferme et ramassèrent le reste des pommes. Ils remplirent d'eau trois bocaux et y vissèrent les doubles couvercles qu'ils avaient trouvés dans un carton sur un rayon de la souillarde. Puis il enveloppa le tout dans une couverture qu'il mit dans le sac à dos et il attacha les autres couvertures en haut du sac et hissa le sac sur ses épaules. Ils s'arrêtèrent sur le seuil pour regarder la lumière descendre sur le monde à l'ouest. Puis ils longèrent l'allée et repartirent sur la route.

Le petit s'accrochait à sa veste et il restait au bord de la route et tentait de sentir la chaussée sous ses pieds dans le noir. Il entendait le tonnerre au loin et au bout d'un moment il y eut devant eux de vagues frémissements de lumière. Il sortit la bâche en plastique du sac à dos mais il en restait à peine assez pour les couvrir et au bout d'un moment il se mit à pleuvoir. Ils marchaient côte à côte en trébuchant. Il n'y avait aucun endroit où se mettre à l'abri. Ils avaient relevé les capuchons de leurs vestes mais les vestes étaient trempées et lourdes de pluie. Il s'arrêta sur la route pour rajuster la bâche. Le petit claquait des dents.

Tu es gelé, hein ?
Oui.

114

Si on s'arrête on va avoir très froid.

J'ai déjà très froid.

Qu'est-ce que tu veux faire ?

On peut s'arrêter ?

Oui. D'accord. On peut s'arrêter.

D'une longue suite de pareilles nuits ce fut une des plus longues de toutes celles dont il pouvait se souvenir. Ils étaient allongés sur le sol trempé au bord de la route sous les couvertures avec la pluie qui tambourinait sur la bâche et il tenait le petit contre lui et au bout d'un moment le petit s'arrêta de trembler et au bout d'un moment il s'endormit. L'orage s'éloignait vers le nord et les grondements cessèrent et il n'y eut plus que la pluie. Il s'endormait et se réveillait et la pluie faiblissait et au bout d'un moment elle s'arrêta. Il se demandait s'il pouvait être déjà minuit. Il toussait et ça empirait et ça réveillait l'enfant. L'aube fut longue à venir. De temps à autre il se soulevait pour regarder vers l'est et au bout d'un moment il fit jour.

Il avait enroulé leurs vestes l'une après l'autre autour d'un mince tronc d'arbre et il les tordait pour les essorer. Il avait fait se déshabiller le petit et l'avait enveloppé dans une des couvertures et pendant qu'il attendait debout en grelottant il essorait ses vêtements et les lui rendait. Le sol était sec là où ils avaient dormi et ils s'assirent là drapés dans les couvertures et mangèrent des pommes et burent de l'eau. Puis ils repartirent une fois de plus sur la route, voûtés et encapuchonnés et frissonnant dans leurs guenilles comme des moines mendiants partis quémander leur pitance.

115

Le soir venu ils étaient au moins au sec. Ils examinaient les lambeaux de la carte mais il n'avait guère idée de l'endroit où ils se trouvaient. Il était en haut d'une côte sur la route et tentait de se repérer à la lueur du crépuscule. Ils quittèrent l'autoroute à péage et prirent une route étroite à travers la campagne et arrivèrent finalement à un pont et à un ruisseau à sec et ils descendirent le remblai et se tapirent au-dessous.

On peut allumer un feu ? dit le petit.

On n'a pas de briquet.

Le petit détourna la tête.

Je te demande pardon. Je l'ai fait tomber. Je ne voulais pas te le dire.

Ça ne fait rien.

Je vais nous trouver un silex. J'en ai cherché. Et on a encore la petite bouteille d'essence.

D'accord.

Tu as très froid ?

Ça va.

Le petit était allongé, la tête sur les genoux de l'homme. Au bout d'un moment il dit : Ces gens ils vont les tuer, hein ?

Oui.

Pourquoi il faut qu'ils fassent ça ?

J'en sais rien.

Et ils vont les manger ?

J'en sais rien.

Ils vont les manger, hein ?

Oui.

Et on ne pouvait pas les aider parce qu'ils nous auraient mangés aussi ?

Oui.

Et c'est pour ça qu'on ne pouvait pas les aider ?

Oui.

D'accord.

Ils passaient par des villes qui tenaient les gens à distance avec des messages griffonnés sur les panneaux d'affichage. On avait enduit les panneaux de minces couches de peinture blanche pour pouvoir écrire dessus et à travers la peinture transparaissait un pâle palimpseste d'annonces publicitaires pour des marchandises qui n'existaient plus. Ils étaient assis au bord de la route et mangeaient les dernières pommes.

Qu'est-ce qu'il y a ? dit l'homme.

Rien.

On va trouver quelque chose à manger. On trouve toujours quelque chose.

Le petit ne répondait pas. L'homme l'observait.

C'est pas ça, hein ?

C'est rien.

Dis-moi.

Le petit détournait la tête du côté de la route.

Je veux que tu me le dises. Je ne vais pas me fâcher.

Le petit hochait la tête.

Regarde-moi, dit l'homme.

Il avait tourné la tête et le regardait. Il semblait sur le point de pleurer.

Alors, dis-moi.

On ne mangerait jamais personne, dis-moi que c'est vrai ?

Non. Évidemment que non.

Même si on mourait de faim ?

On meurt déjà de faim maintenant.

Tu as dit que non.

J'ai dit qu'on n'était pas en train de mourir. Je n'ai pas dit qu'on ne mourait pas de faim.

Mais on ne mangerait personne ?

Non. Personne.

Quoi qu'il arrive.

Jamais. Quoi qu'il arrive.

Parce qu'on est des gentils.

Oui.

Et qu'on porte le feu.

Et qu'on porte le feu. Oui.

D'accord.

Il avait trouvé des morceaux de silex ou de quartz dans un fossé mais finalement c'était plus facile de frotter la pince sur la paroi d'un rocher au pied duquel il entassait du petit bois imprégné d'essence. Encore deux jours. Puis trois. Cette fois ils mouraient vraiment de faim. Le pays avait été pillé, mis à sac, ravagé. Dépouillé de la moindre miette. Les nuits étaient mortellement froides et d'un noir de cercueil et la lente venue du matin se chargeait d'un terrible silence. Comme une aube avant une bataille. La peau du petit était de la couleur d'une bougie et presque transparente. Avec ses grands yeux au regard fixe il avait l'air d'un extraterrestre.

Il commençait à penser que la mort était enfin sur eux et qu'ils devraient trouver un endroit pour se cacher où on ne pourrait pas les trouver. Il y avait des moments où il était pris d'irrépressibles sanglots quand il regardait l'enfant dormir mais ce n'était pas à cause de la mort. Il n'était pas sûr de savoir à cause de quoi mais il pensait que c'était à cause de la beauté ou à cause de la bonté.

Des choses auxquelles il n'avait plus aucun moyen de penser jamais. Ils étaient accroupis dans un bois sinistre et buvaient de l'eau d'un fossé qu'ils filtraient à travers un chiffon. Il avait vu le petit en rêve allongé sur une planche dans une morgue et s'était réveillé terrorisé. Ce qu'il pouvait supporter à l'état de veille il ne le pouvait pas la nuit et il s'asseyait et restait éveillé de peur que le rêve ne revienne.

Ils fouillaient les ruines carbonisées de maisons où ils ne seraient pas entrés avant. Un cadavre flottant dans l'eau noire d'une cave entre les détritus et les canalisations rouillées. Il était dans une salle de séjour en partie incendiée et à ciel ouvert. Les planches déformées par l'eau tombaient de guingois dans la cour. Des volumes spongieux dans une bibliothèque. Il en prit un et l'ouvrit puis le remit en place. Tout était humide. En train de pourrir. Il trouva une bougie dans un tiroir. Pas moyen de l'allumer. Il la mit dans sa poche. Il sortit dans la lumière grise et s'arrêta et il vit l'espace d'un bref instant l'absolue vérité du monde. Le froid tournoyant sans répit autour de la terre intestat. L'implacable obscurité. Les chiens aveugles du soleil dans leur course. L'accablant vide noir de l'univers. Et quelque part deux animaux traqués tremblant comme des renards dans leur refuge. Du temps en sursis et un monde en sursis et des yeux en sursis pour le pleurer.

Assis dans la cabine d'un camion à la périphérie d'une petite ville ils regardaient dehors à travers une vitre lavée par les récentes pluies. Un léger saupoudrage de cendre. Épuisés. Au bord de la route il y avait une autre pancarte mettant en garde contre un danger de mort, les lettres presque effacées au bout de tant d'années. Il souriait presque. Tu peux lire ça ? dit-il.

Oui.

N'y fais pas attention. Il n'y a personne ici.

Ils sont morts ?

Sans doute.

Je voudrais que ce petit garçon soit avec nous.

Allons-nous-en, dit-il.

Des rêves riches à présent dont il lui répugnait de s'éveiller. Des choses inconnues désormais dans le monde. Le froid l'obligeait à entretenir le feu. Le souvenir d'elle quand elle traversait la pelouse en direction de la maison le matin de bonne heure dans un mince peignoir rose qui collait à ses seins. Il se disait que chaque souvenir remémoré devait faire plus ou moins violence à ses origines. Comme dans un jeu de société. Dites le mot et passez-le à votre voisin. Alors prenez garde. Ce que l'on déforme dans le souvenir a encore une réalité, connue ou pas.

Ils marchaient dans les rues, enveloppés dans les couvertures sales. Il tenait le revolver contre sa hanche et donnait la main au petit. À l'autre bout de la ville ils arrivèrent devant une maison isolée dans un champ et ils traversèrent et entrèrent et firent le tour des pièces. Ils se trouvèrent nez à nez avec leur propre reflet dans une glace et il faillit lever le revolver. C'est nous, Papa, souffla le petit. C'est nous.

Il s'était arrêté devant la porte du fond et regardait dehors du côté des champs et de la route au-delà et le morne paysage au-delà de la route. Dans le patio il y avait une cuve de barbecue bricolée avec un fût de cent litres découpé en long au chalumeau et monté sur un châssis métallique soudé. Des arbres morts dans la cour. Une clôture. Un hangar en tôle pour les outils. Il se débarrassa de la couverture et la passa sur les épaules du petit.

Je veux que tu attendes ici.

Je veux venir avec toi.

Je vais juste jeter un coup d'œil là-dedans. Reste ici. Tu pourras tout le temps me voir. Je te le promets.

Il traversa la cour et poussa la porte sans lâcher le revolver. C'était une sorte de remise de jardin. Un sol de terre battue. Des rayonnages métalliques avec des pots de fleurs en plastique. Tout recouvert de cendre. Il y avait des outils de jardinage posés droits dans un coin. Une tondeuse à gazon. Un banc de bois sous la fenêtre et à côté du banc une armoire métallique. Il ouvrit l'armoire. De vieux catalogues. Des paquets de semences. De bégonias. De convolvulus. Il les fourra dans sa poche. Pour quoi faire ? Sur le rayon du haut il y avait deux bidons d'huile de graissage et il mit le revolver sous sa ceinture et leva le bras et les attrapa et les posa sur le banc. Ils étaient très vieux, en carton avec des embouchures métalliques. De l'huile avait coulé à travers le carton mais ils avaient l'air d'être pleins. Il recula et regarda par la porte. Le petit était assis sur les marches à l'arrière de la maison enveloppé dans les couvertures et l'observait. En se retournant il aperçut un bidon d'essence dans le coin derrière la porte. Il savait qu'il ne pouvait pas y avoir d'essence dedans pourtant quand il le poussa du pied et le laissa retomber il y eut un léger clapotis. Il le prit et l'emporta sur le banc et essaya de dévisser le bouchon mais il n'y arrivait pas. Il sortit la pince de la poche de sa veste et écarta les mâchoires et fit une tentative. C'était juste à la dimension et il dévissa le bouchon et le posa sur le banc et renifla le bidon. Une odeur rance. C'était là depuis des années. Mais c'était de l'essence et elle brûlerait. Il revissa le bouchon et remit la pince dans sa poche. Il regarda s'il n'y avait pas un récipient plus petit mais il n'y en avait pas. Il n'aurait pas dû jeter la bouteille. Allons voir dans la maison.

En traversant la pelouse il crut qu'il allait perdre connaissance et il fut forcé de s'arrêter. Il se demandait si c'était d'avoir respiré l'essence. Le petit l'observait. Combien de jours jusqu'à la mort ? Dix ? Pas tellement plus que ça. Il était incapable de réfléchir. Pourquoi s'était-il arrêté ? Il se retourna et regarda l'herbe par terre. Il revint sur ses pas. Palpant le sol avec ses pieds. Il s'arrêta et fit encore une fois demi-tour. Puis il retourna à la remise. Il revint avec une pelle de jardinier et à l'endroit où il s'était arrêté l'instant d'avant il enfonça la lame dans le sol. Elle s'enfonça à moitié et s'arrêta avec un bruit creux comme si elle avait cogné sur du bois. Il commença à retirer la terre.

Tout doucement. Dieu qu'il était fatigué. Il s'appuyait à la pelle. Il leva la tête et jeta un coup d'œil sur le petit. Le petit était assis comme avant. Il se remit au travail. Au bout d'un moment il se reposait de nouveau entre deux pelletées. Ce qu'il finit par déterrer ce fut un morceau de contreplaqué recouvert de feutre pour toiture. Il enleva la terre le long des bords. C'était une porte, peut-être d'un mètre sur deux. À une extrémité il y avait un moraillon muni d'un cadenas emballé dans un sac en plastique collé avec du chatterton. Il fit une pause, se retenant au manche de la pelle, le front dans le creux du bras. Quand il releva la tête le petit était debout dans la cour à un mètre à peine. Il avait très peur. Il chuchotait : Ne l'ouvre pas, Papa.

Ça va aller.

S'il te plaît, Papa. S'il te plaît.

Ça va aller.

Mais non.

Il avait les poings serrés contre sa poitrine et se balançait d'avant en arrière, terrorisé. L'homme lâcha la pelle et prit l'enfant dans ses bras. Viens, dit-il. Allons nous asseoir sur la véranda et reposons-nous un moment.

Et après on pourra partir ?

Asseyons-nous un moment.

D'accord.

Ils étaient assis enveloppés dans les couvertures et regardaient la cour. Ils restèrent ainsi un long moment. Il essayait d'expliquer au petit qu'il n'y avait personne d'enterré dans la cour mais pour toute réponse le petit se mit à pleurer. Au bout d'un moment il pensait même que l'enfant avait peut-être raison.

Reposons-nous, dit-il. On va même pas parler.

D'accord.

Ils firent encore une fois le tour de la maison. Il trouva une bouteille de bière et un vieux rideau en loques et en arracha un morceau d'étoffe qu'il enfonça dans le goulot de la bouteille à l'aide d'un cintre. C'est notre nouvelle lampe, dit-il.

Comment on peut l'allumer ?

J'ai trouvé de l'essence dans la remise. Et de l'huile. Je vais te montrer.

D'accord.

Viens, dit l'homme. Ça va aller, je te le promets.

Mais quand il se pencha pour voir le visage du petit sous le capuchon de la couverture il eut très peur que quelque chose se fût brisé qui ne pourrait pas être réparé.

Ils sortirent et retournèrent à la remise par la cour. Il posa la bouteille sur le banc et il prit un tournevis et perça un trou dans un des bidons d'huile puis en perça un autre plus petit pour que le bidon se vide plus facilement. Il retira la mèche de la bouteille et remplit la bouteille à peu près à moitié. C'était de la bonne vieille huile qui faisait tout son poids d'huile, épaisse et gélifiée par le froid, et qui coulait lentement. Il dévissa le bouchon du bidon d'essence et il confectionna un petit allume-feu en papier avec un des paquets de semences et versa de l'essence dans la bouteille et boucha le goulot avec le pouce et secoua. Puis il en versa dans un plat en terre et prit le chiffon et le remit dans la bouteille en l'enfonçant à l'aide du tournevis. Il sortit un morceau de silex de sa poche et prit la pince et frotta le silex contre la mâchoire nervurée. Il fit plusieurs tentatives puis il s'arrêta et versa davantage d'essence dans le plat. Ça pourrait s'allumer, dit-il. Le petit acquiesça. Il frottait avec le silex en dirigeant les étincelles vers le plat. Une flamme jaillit avec un faible sifflement. Il tendit le bras et prit la bouteille et l'inclina et alluma la mèche et souffla la flamme dans le plat et passa la bouteille fumante au petit. Voilà, dit-il. Prends-la.

Qu'est-ce qu'on va faire ?

Garde ta main devant la flamme. Ne la laisse pas s'éteindre.

Il se leva et sortit le revolver de dessous sa ceinture. Cette porte ressemble à l'autre, dit-il. Mais ce n'est pas la même chose. Je sais que tu as peur. Ça va aller. Je crois qu'il pourrait y avoir quelque chose là-dedans et il faut qu'on aille voir. Il n'y a pas d'autre endroit où aller. Voilà tout. Je veux que tu m'aides. Si tu ne veux pas tenir la lampe il va falloir que tu prennes le revolver.

Je tiendrai la lampe.

D'accord. C'est comme ça que font les gentils. Ils essaient toujours. Ils n'abandonnent pas.

D'accord.

Il emmena le petit dans la cour, traînant derrière eux la fumée noire de la lampe. Il passa le revolver sous sa ceinture et ramassa la pelle et commença à cogner sur le contreplaqué pour arracher le moraillon. Il poussa le coin de la pelle dessous pour faire levier puis il se mit à genoux et empoigna le cadenas en le tordant jusqu'à ce que tout saute et il jeta le tout dans l'herbe. Il coinça la pelle sous la porte de la trappe et mit les doigts dessous puis il se redressa et la souleva. De la terre roula sur les planches. Il se retourna sur le petit. Ça va toi ? dit-il. Le petit acquiesça sans mot dire, tenant la lampe devant lui. L'homme fit basculer la porte et la laissa retomber dans l'herbe. Un escalier grossier en planches de cinq sur vingt-cinq centimètres descendait dans l'obscurité. Il tendit le bras et reprit la lampe au petit. Il avait commencé à descendre les marches mais il se retourna et se pencha sur l'enfant et lui donna un baiser sur le front.

Les murs de l'abri étaient faits de parpaings. Un plancher de ciment recouvert d'un carrelage de cuisine. Il y avait deux couchettes métalliques aux ressorts nus, une contre chaque mur, les matelas roulés à leur pied comme à l'armée. Il se retourna sur le petit qui était accroupi un peu plus haut, clignant des yeux dans la fumée de la lampe, puis il descendit encore quelques marches et s'assit en tenant la lampe devant lui. Oh grand Dieu, souffla-t-il. Oh mon Dieu.

Qu'est-ce qu'il y a Papa ?

Viens, descends. Oh mon Dieu. Descends.

Caisse sur caisse de produits en conserve. Des tomates, des pêches, des haricots blancs, des abricots. Du jambon en boîte. Du corned-beef. Des centaines de litres d'eau dans des jerricanes de vingt-cinq litres en plastique. Des serviettes en papier, du papier-toilette, des assiettes en carton. Des sacs-poubelles en plastique bourrés de couvertures. Il pressait sa main contre son front. Oh mon Dieu, disait-il. Il tourna la tête vers le petit. Ça va, dit-il. Descends.

Papa ?

Descends. Descends et viens voir.

Il posa la lampe sur la marche et remonta et prit le petit par la main. Viens, dit-il. Tout va bien.

Qu'est-ce que tu as trouvé ?

J'ai trouvé de tout. De tout. Attends de voir. Il lui prit la main pour l'aider à descendre l'escalier et lui prit la bouteille en levant bien haut la flamme. Tu vois ? dit-il. Tu vois ?

Qu'est-ce que c'est que tout ça, Papa ?

C'est de la nourriture. Tu n'as qu'à lire.

Des poires. C'est écrit des poires.
Oui. C'est écrit là. Sûr que c'est écrit là.

Pour lui c'était juste assez haut sous le plafond pour se tenir debout. Il se baissa pour éviter une lanterne à l'abat-jour métallique vert suspendue à un crochet. Il tenait le petit par la main et ils s'avançaient le long des rangées de cartons tous marqués au pochoir. Chili, maïs, ragoût, soupe, sauce spaghetti. L'abondance d'un univers disparu. Pourquoi il y a tout ça ici ? dit le petit. C'est pour de vrai ?

Oh oui, c'est pour de vrai.

Il descendit un des cartons et l'ouvrit avec ses ongles et en sortit une boîte de pêches en conserve. C'est ici parce que des gens ont pensé que ça pourrait servir.

Mais ils n'ont pas pu s'en servir.

Non. Jamais.

Ils sont morts.

Oui.

Et nous on peut le prendre.

Oui. On peut. C'est ce qu'ils voudraient qu'on fasse. Tout comme nous on le voudrait pour eux.

Eux c'étaient des gentils ?

Oui. C'est ça.

Comme nous.

Comme nous. Oui.

Alors c'est bien.

Oui. C'est bien.

Il y avait des couteaux et des ustensiles en plastique et des couverts et des accessoires de cuisine dans une caisse en plastique. Un ouvre-boîte. Il y avait des torches électriques qui ne fonctionnaient pas. Il trouva une boîte de piles et commença à les trier. La plupart rongées par la corrosion et suintant un brouet acide mais quelques-unes apparemment en bon état. Il réussit finalement à allumer une des lanternes et il la posa sur la table et souffla la flamme fumeuse de la lampe. Il arracha un rabat du carton qu'il venait d'ouvrir et s'en servit pour chasser la fumée puis il grimpa les marches et abaissa la porte de la trappe et se tourna et regarda le petit. Qu'est-ce que tu aimerais pour ton dîner ? dit-il.

Des poires.

Bon choix. Des poires alors.

Il retira deux bols en carton d'une pile de bols emballés dans du plastique et les posa sur la table. Il déroula les matelas sur les couchettes pour qu'ils puissent s'asseoir et il ouvrit le carton de poires et en sortit une boîte et la posa sur la table et fixa l'ouvre-boîte sur le couvercle et commença à tourner la molette. Il regardait le petit. Le petit se taisait, assis sur la couchette, encore enveloppé dans la couverture. L'homme se dit qu'il n'était sans doute pas encore vraiment convaincu de la réalité de tout cela. Tu pourrais te réveiller n'importe quand dans le noir et les bois mouillés. Ce seront les meilleures poires que t'auras jamais goûtées, dit-il. Les meilleures. Tu vas voir. Attends.

Ils s'assirent côte à côte et mangèrent la boîte de poires. Puis ils mangèrent une boîte de pêches. Ils léchaient les cuillères et penchaient les bols et buvaient l'épais sirop sucré. Ils se regardaient.

Encore une.

Je ne veux pas que tu te rendes malade.

Je ne serai pas malade.

Tu n'as rien mangé depuis longtemps.

Je sais.

D'accord.

Il mit le petit au lit sur la couchette et caressa ses cheveux sales sur l'oreiller et étendit des couvertures sur lui. Quand il remonta et qu'il souleva la porte il faisait presque noir dehors. Il alla dans le garage pour chercher le sac à dos et revint et regarda une dernière fois tout autour puis redescendit l'escalier et tira la porte et la bloqua en coinçant une des poignées de la pince dans les arceaux de la lourde serrure à l'intérieur de l'abri. La lanterne électrique commençait déjà à faiblir et il fouilla dans les provisions jusqu'à ce qu'il ait trouvé des caisses de pétrole à brûler en bidons de trois litres. Il sortit un des bidons et le posa sur la table et dévissa le bouchon et perça la capsule métallique avec un tournevis. Puis il décrocha la lampe à pétrole suspendue au plafond et la remplit. Il avait déjà trouvé une boîte en plastique de briquets au butane et il en prit un pour allumer la lampe et ajusta la flamme et raccrocha la lampe. Puis il resta assis sur la couchette.

Pendant que le petit dormait il entreprit d'inspecter méthodiquement les provisions. Des vêtements. Des tricots, des chaussettes. Une bassine en acier inoxydable et des éponges et des barres de savon. Du dentifrice et des brosses à dents. Au fond d'un grand pot en plastique de vis et de boulons et de divers articles de quincaillerie il trouva une double poignée de krugerrands en or dans un sac en toile. Il les fit tomber et les pétrit dans sa main et les regarda puis les remit dans le pot avec les articles de quincaillerie et remit le pot sur le rayon.

Il triait tout ce qu'il y avait, déplaçant les cartons et les caisses d'un côté à l'autre de la pièce. Il y avait une petite porte en acier qui donnait sur un deuxième local où étaient entreposées des bouteilles de gaz. Dans le coin un W-C chimique. Il y avait dans les murs des conduits de ventilation recouverts de toile métallique et il y avait des tuyaux d'évacuation dans le plancher. Il commençait à faire chaud dans l'abri et il enleva sa veste. Il fouillait partout. Il trouva une boîte de cartouches de calibre 45 ACP et trois boîtes de cartouches de fusil de calibre 30-30. Ce qu'il ne trouvait pas c'était un revolver. Il prit la lanterne à piles et inspecta le plancher et inspecta les murs pour s'assurer qu'il n'y avait pas de compartiment caché. Au bout d'un moment il s'assit sur la couchette pour manger une barre de chocolat. Il n'y avait pas de revolver et il n'y en aurait pas.

Quand il se réveilla la lampe à pétrole accrochée au plafond sifflait doucement. Les murs de l'abri étaient là dans la lumière avec les cartons et les caisses. Il ne savait pas où il était. Il était allongé sous sa veste. Il se redressa et regarda le petit qui dormait sur l'autre couchette. Il avait enlevé ses chaussures mais ça non plus il ne s'en souvenait pas et il les ramassa sous la couchette et les enfila et grimpa l'escalier et retira la pince de l'arceau du moraillon et souleva la porte et regarda dehors. Tôt le matin. Il regarda la maison et il regarda plus loin vers la route et il allait rabattre la porte de la trappe quand il s'arrêta. La vague lueur grise était à l'ouest. Ils avaient dormi toute la nuit et toute la journée qui avait suivi. Il abaissa la porte et la bloqua et redescendit et vint se rasseoir sur la couchette. Son regard errait sur les provisions d'un côté à l'autre de l'abri. Il s'était préparé à mourir et à présent il n'allait plus mourir et il fallait qu'il y pense. N'importe qui pourrait voir la porte de la trappe par terre dans la cour et saurait immédiatement de quoi il retournait. Il devait réfléchir à ce qu'il fallait faire. Ici ce n'était pas une cachette dans les bois. C'était toute la différence. Finalement il se leva et alla à la table et y installa le petit réchaud à essence à deux brûleurs et l'alluma et sortit une poêle à frire et une bouilloire et ouvrit la boîte en plastique d'ustensiles de cuisine.

Ce qui avait réveillé le petit c'était le bruit qu'il faisait en moulant du café dans un moulin à manivelle. Il se redressa, parcourant l'abri des yeux. Papa ? dit-il.

Salut. Tu as faim ?

Il faut que j'aille aux toilettes. J'ai envie de faire pipi.

Il pointa la spatule vers la porte basse en acier. Il ne savait pas comment se servir des W-C mais ils allaient s'en servir de toute façon. Ils n'allaient pas rester ici si longtemps que ça et il n'avait pas l'intention d'ouvrir et de refermer la porte de la trappe plus souvent qu'il n'était nécessaire. Le petit passa devant lui, les cheveux collés par la sueur. C'est quoi ? dit-il.

Du café. Du jambon. Des biscuits.

Ouah, fit le petit.

Il tira une cantine sur le plancher entre les couchettes et la recouvrit d'une serviette et y disposa les assiettes et les tasses et les ustensiles en plastique. Il posa un bol de biscuits avec une serviette par-dessus et une assiette de beurre et une boîte de lait condensé. Du sel et du poivre. Il regardait le petit. Le petit avait l'air d'un drogué. Il retira la poêle du réchaud et déposa sur l'assiette du petit un morceau de jambon braisé piqué au bout d'une fourchette et servit les œufs brouillés qu'il avait préparés dans l'autre poêle et puisa plusieurs louchées de haricots blancs à la sauce tomate et versa du café dans leurs tasses. Le petit gardait les yeux levés sur lui.

Vas-y, dit-il. Ne laisse pas tout ça refroidir.

Par quoi je commence ?

Par ce que tu voudras.

Ça c'est du café ?

Oui. Là. Tu mets le beurre sur tes biscuits. Comme ça.

D'accord.

Ça va ?

J'sais pas.

Tu te sens bien ?

Oui.

Qu'est-ce qu'il y a ?

Tu crois qu'on devrait remercier ces gens-là ?

Quels gens ?

Les gens qui nous ont donné tout ça.

Eh bien. Oui. Je crois qu'on pourrait faire ça.

Tu vas le faire ?

Pourquoi pas toi ?

Je ne sais pas comment.

Mais si tu sais. Tu sais comment dire merci.

Le petit regardait fixement son assiette. Il avait l'air perdu. L'homme était sur le point de parler quand il dit : Chers amis, merci pour toute cette nourriture et toutes ces choses. On sait bien que vous aviez mis tout ça de côté pour vous et que si vous étiez ici on ne serait pas en train de le manger même si on avait très faim et on regrette que vous n'ayez pas pu le manger et on espère que vous êtes en sécurité au ciel avec Dieu.

Il leva les yeux. Tu crois que ça va ? dit-il.

Oui. Je crois que ça va.

Il ne voulait pas rester tout seul dans l'abri. Il traversait et retraversait la pelouse, suivant l'homme pas à pas pendant qu'il apportait dans la salle de bains au fond de la maison les jerricanes en plastique remplis d'eau. Ils prirent avec eux le petit réchaud et deux casseroles et il fit chauffer l'eau des jerricanes et la versa dans la baignoire et versa de l'eau des jerricanes dans les casseroles. Ça prenait du temps mais il tenait à ce que ce soit bon et bien chaud. Quand la baignoire fut presque pleine le petit se déshabilla et entra dans l'eau en frissonnant et s'assit. Décharné et sale et nu. Se tenant les épaules. L'unique lueur provenait de l'anneau de dents bleues sur les brûleurs du réchaud.

Alors. Comment c'est ? dit l'homme.

Enfin chaud.

Enfin chaud ?

Oui.

Où t'as entendu ça ?

J'sais pas.

D'accord. Enfin chaud.

Il lui lava ses cheveux hirsutes et crasseux et le frotta avec le savon et les éponges. Il vida l'eau sale dans laquelle il était assis et l'aspergea d'une nouvelle casserole d'eau chaude et l'enveloppa frissonnant dans une serviette puis l'enveloppa encore une fois dans une couverture. Il le coiffa et le regarda. De son corps montait de la vapeur, comme de la fumée. Tu te sens bien ? dit l'homme.

J'ai froid aux pieds.

Il va falloir que tu m'attendes.

Dépêche-toi.

Il se mit dans la baignoire et en ressortit et versa du détergent dans l'eau du bain et à l'aide d'un débouchoir y plongea leurs jeans puants. T'es prêt ? dit-il.

Oui.

Il baissa la flamme du brûleur jusqu'à ce qu'il s'éteigne en crachotant puis il alluma la torche électrique et la posa par terre. Ils s'assirent au bord de la baignoire et mirent leurs chaussures puis il passa au petit la casserole et le savon et il prit le réchaud et la petite bouteille de gaz et le revolver et enveloppés dans leurs couvertures ils regagnèrent l'abri en traversant la cour.

Ils étaient assis sur la couchette de chaque côté d'un damier, portant des pull-overs neufs et des chaussettes neuves et emmaillotés dans les couvertures neuves. Il avait allumé un petit radiateur à gaz et ils buvaient du Coca-Cola dans des gobelets en plastique et au bout d'un moment il retourna dans la maison pour essorer les jeans et les rapporta et les accrocha pour les faire sécher.

Combien de temps on peut rester ici Papa ?

Pas longtemps.

Ça veut dire combien de temps ?

Je ne sais pas. Peut-être encore une journée. Deux peut-être.

Parce que c'est dangereux.

Oui.

Tu crois qu'ils vont nous trouver ?

Non. Ils ne vont pas nous trouver.

Ils pourraient nous trouver.

Non je te dis que non. Ils ne nous trouveront pas.

Plus tard quand le petit fut endormi il retourna dans la maison et traîna des meubles dehors sur la pelouse. Puis il sortit un matelas et le posa sur la trappe et de l'intérieur il le tira sur le contreplaqué et avec force précautions abaissa la trappe en veillant à ce qu'elle soit entièrement cachée par le matelas. Ce n'était pas une très bonne ruse mais c'était mieux que rien. Il s'assit sur la couchette et à la lueur de la lanterne, pendant que le petit dormait, il tailla avec son couteau de fausses balles de revolver dans une branche d'arbre, vérifiant soigneusement le gabarit en les introduisant dans les chambres vides du barillet puis se remettant à tailler. Il façonna les extrémités au couteau et les frotta de sel jusqu'à ce qu'elles soient bien lisses et les badigeonna de suie pour leur donner la couleur du plomb. Quand toutes les cinq furent prêtes il les chargea dans les chambres et referma le barillet et tourna le revolver et l'examina. Même d'aussi près le revolver avait l'air d'être chargé et il le posa et se leva pour tâter les jambes des jeans qui fumaient au-dessus du radiateur.

Il avait gardé la petite poignée d'étuis de cartouches de revolver vides mais ils avaient disparu avec tout le reste. Il aurait mieux fait de les garder dans sa poche. Il avait même perdu la dernière. Il pensait qu'il aurait peut-être pu les recharger avec les cartouches de calibre 45. Les amorces s'y adapteraient probablement à condition de les extraire sans les abîmer. De tailler les balles à la dimension voulue avec le cutter. Il se leva et fit une dernière fois le tour des provisions. Puis il baissa la lampe jusqu'à ce que la flamme s'éteigne en crachotant et il donna un baiser au petit et se glissa sur l'autre couchette sous les couvertures propres et regarda une dernière fois ce minuscule paradis tremblant dans la lueur orange du radiateur puis il s'endormit.

La ville avait été abandonnée des années plus tôt mais ils avançaient prudemment dans les rues jonchées d'ordures, le petit lui donnant la main. Ils passèrent devant une décharge de ferraille où on avait jadis essayé de brûler des corps. N'était la forme des crânes la chair et les os carbonisés auraient pu être anonymes sous la cendre humide. Plus aucune odeur. Il y avait un supermarché au bout de la rue et trois caddies métalliques sous une pile de cartons vides. Il les examina et en dégagea un et s'accroupit et fit tourner les roues puis se releva et le poussa le long de l'allée et revint.

On pourrait en prendre deux, dit le petit.

Non.

Je pourrais en pousser un.

Toi tu es l'éclaireur. Je veux que tu gardes l'œil ouvert.

Qu'est-ce qu'on va faire de tous ces trucs ?

Il faudra se contenter de ce qu'on peut emporter.

Tu crois que quelqu'un va venir ?

Oui. À un moment ou à un autre.

Tu as dit que personne ne viendrait.

Je n'ai pas voulu dire jamais.

Je voudrais qu'on puisse habiter ici.

Je sais.

On aurait l'œil ouvert.

On a toujours l'œil ouvert.

Et si c'étaient des gentils qui venaient ?

Eh bien, je ne crois pas qu'on ait beaucoup de chances de croiser des gentils sur la route.

On y est sur la route, nous.

Je sais.

Si on a tout le temps l'œil ouvert ça veut dire qu'on a tout le temps peur ?

Eh bien. Je suppose que si on a l'œil ouvert c'est qu'on a déjà suffisamment peur. Assez peur pour être prudents. Vigilants.

Mais le reste du temps tu n'as pas peur ?

Le reste du temps.

Ouais.

J'en sais rien. Peut-être qu'on devrait toujours garder l'œil ouvert. Si les ennuis arrivent au moment où on s'y attend le moins sans doute que la meilleure chose à faire c'est de toujours s'y attendre.

Tu t'y attends toujours ? Papa ?

Oui. Mais quelquefois je pourrais oublier de garder l'œil ouvert.

Il fit asseoir le petit sur la cantine sous la lampe à pétrole et avec un peigne en plastique et une paire de ciseaux il entreprit de lui couper les cheveux. Il essayait de faire du bon travail et ça lui prit pas mal de temps. Quand il eut terminé il retira la serviette des épaules du petit et ramassa par terre les cheveux d'or et frotta le visage et les épaules du petit avec un linge humide et lui tendit un miroir pour qu'il puisse se voir.

Tu as fait du bon travail Papa.

Tant mieux.

J'ai l'air d'être très maigre.

Tu l'es.

Puis il se fit une coupe de cheveux mais pas avec un aussi bon résultat. Il se tailla la barbe avec les ciseaux pendant qu'il faisait chauffer une casserole d'eau puis il se rasa avec un rasoir de sécurité en plastique. Le petit l'observait. Quand il eut terminé il se regarda dans le miroir. Il avait l'impression de ne pas avoir de menton. Il se tourna vers le petit. De quoi j'ai l'air ? Le petit pencha la tête. J'en sais rien, dit-il. Tu ne vas pas avoir froid ?

Ils mangèrent un somptueux repas aux chandelles. Du jambon et des haricots verts et de la purée de pommes de terre avec des biscuits et de la sauce. Il avait découvert quatre bouteilles de whisky de marque qui se trouvaient encore dans les sacs en papier dans lesquels elles avaient été achetées et il en but un doigt dans un verre avec de l'eau. Avant même de l'avoir fini la tête lui tournait et il n'en but pas davantage. En dessert ils eurent des pêches et de la crème sur des biscuits et ils burent du café. Il jeta les assiettes en carton et les couverts en plastique dans un sac-poubelle. Puis ils firent une partie de dames et il mit le petit au lit.

Dans la nuit il fut réveillé par le martèlement étouffé de la pluie sur le matelas qu'il avait posé sur la trappe au-dessus de leurs têtes. Il se dit qu'il devait pleuvoir assez fort pour qu'il l'entende. Il se leva avec la torche électrique à la main et monta l'escalier et souleva la trappe et déplaça le faisceau lumineux à travers la cour. La cour était déjà inondée et il pleuvait à torrents. Il referma la trappe. De l'eau était entrée à l'intérieur et dégoulinait sur les marches mais l'abri semblait suffisamment étanche. Il alla s'occuper du petit. Il était trempé de sueur et l'homme repoussa une des couvertures et éventa le visage de l'enfant puis il baissa le radiateur et se remit au lit.

Quand il se réveilla de nouveau la pluie semblait s'être arrêtée. Mais ce n'était pas ce qui l'avait réveillé. Il avait reçu en rêve la visite de créatures d'une espèce qu'il n'avait encore jamais vue. Elles ne parlaient pas. Il avait l'impression qu'elles étaient restées accroupies à côté de sa couchette pendant qu'il dormait et qu'elles avaient décampé à son réveil. Il se tourna et regarda le petit. Peut-être comprenait-il pour la première fois qu'aux yeux du petit il était lui-même un extraterrestre. Un être d'une planète qui n'existait plus. Dont les récits qu'il en faisait étaient suspects. Il ne pouvait pas sans faire revivre aussi la douleur de la perte évoquer pour le plaisir de l'enfant le monde qu'il avait perdu et il pensait que l'enfant avait sans doute compris cela mieux qu'il ne le comprenait lui-même. Il essayait de se souvenir du rêve mais il ne le pouvait pas. Du rêve il ne restait que l'impression qu'il avait produite sur lui. Il pensait que ces créatures étaient peut-être venues l'avertir. De quoi ? L'avertir qu'il ne pouvait pas ranimer dans le cœur de l'enfant ce qui était en cendre dans son propre cœur. Même à présent une part de lui-même souhaitait qu'ils n'eussent jamais trouvé ce refuge. Il y avait toujours une part de lui-même qui souhaitait que ce fût fini.

Il vérifia que le robinet du réservoir était fermé et posa le petit réchaud sur la cantine et s'assit et se mit au travail pour le démonter. Il dévissa la plaque du fond et il retira le bloc des brûleurs et déconnecta les deux brûleurs avec une petite clé à crochet. Il inclina le bocal en plastique où se trouvait le matériel de bricolage et y trouva un boulon et le vissa dans l'embout du raccord et serra. Il brancha le flexible du réservoir et souleva le petit brûleur en laiton, si petit et léger. Il le posa sur la cantine et prit la plaque de tôle et la jeta dans les ordures et monta l'escalier pour vérifier la météo. Le matelas au-dessus de la trappe avait absorbé pas mal d'eau et la porte était dure à soulever. Il resta en haut avec la porte qui pesait sur ses épaules et regarda dehors. Il tombait un léger crachin. Impossible de dire d'après ce qu'il voyait quel moment de la journée ce pouvait être. Il regarda la maison et il regarda au loin la campagne ruisselante puis il laissa la porte retomber et redescendit l'escalier et commença à préparer le petit-déjeuner.

Ils passèrent la journée à manger et à dormir. Il avait prévu de partir mais la pluie était une excuse suffisante pour rester. Le caddie était dans la remise. Guère probable que quelqu'un circule sur la route aujourd'hui. Ils trièrent les provisions et mirent de côté ce qu'ils pouvaient emporter, le rangeant dans un coin de l'abri et faisant une pile à la bonne dimension. La journée fut brève, ce fut à peine une journée. Le soir venu la pluie avait cessé et ils ouvrirent la trappe et commencèrent à emporter les cartons et les colis et les sacs en plastique dans la remise de l'autre côté de la cour détrempée et à charger le caddie. Dans l'obscurité de la cour l'ouverture faiblement éclairée de la trappe comme une tombe béante au jour du jugement dans une ancienne peinture de l'Apocalypse. Quand le caddie fut chargé de tout ce qu'il pouvait contenir il arrima une bâche en plastique par-dessus et attacha les œillets aux tiges de fer avec de courtes bandes élastiques et ils firent un pas en arrière et restèrent un moment à l'examiner à la lueur de la torche électrique. Il se dit qu'il aurait dû prendre des jeux de roues de rechange sur d'autres caddies dans le supermarché mais c'était trop tard maintenant. Il aurait aussi mieux fait de garder le rétroviseur de moto qu'ils avaient sur leur ancien caddie. Ils dînèrent et dormirent jusqu'au matin puis ils prirent encore un bain en se frottant avec des éponges et se lavèrent les cheveux dans des bassines d'eau chaude. Ils prirent leur petit-déjeuner et à la première lueur ils étaient sur la route, portant des masques tout neufs découpés dans un drap, le petit marchant en tête avec un balai pour dégager la voie des morceaux de bois et des branches et l'homme penché sur le caddie, les yeux fixés sur la route qui se déroulait devant eux.

Le caddie était trop lourd pour qu'on puisse le pousser dans les bois détrempés et ils firent halte à midi au milieu de la route et préparèrent du thé brûlant et mangèrent le dernier reste de jambon en boîte avec des biscuits salés et de la moutarde et de la sauce aux pommes. Assis dos à dos et surveillant la route.

Tu sais où on est Papa ? dit le petit.

Plus ou moins.

Comment plus ou moins ?

Eh bien. Je crois qu'on est à peu près à trois cents kilomètres de la côte. À vol d'oiseau.

À vol d'oiseau ?

Oui. Ça veut dire en se déplaçant en ligne droite.

On sera vite là-bas ?

Non. Pas si vite que ça. Assez vite. On ne se déplace pas comme volent les oiseaux.

Parce que les oiseaux n'ont pas besoin de suivre les routes ?

Oui.

Ils peuvent aller n'importe où ils veulent.

Oui.

Tu crois qu'il pourrait encore y avoir des oiseaux quelque part ?

J'en sais rien.

Mais à ton avis ?

Je crois que c'est peu probable.

Ils pourraient voler jusqu'à Mars ou un endroit comme ça ?

Non. Ce ne serait pas possible.

Parce que c'est trop loin ?

Oui.

Même s'ils le voulaient.

Même s'ils le voulaient.

Mais s'ils essayaient et qu'ils arrivent seulement à mi-chemin ou quelque chose comme ça et qu'ensuite ils soient trop fatigués. Ils pourraient redescendre ?

Eh bien. Ils ne pourraient pas arriver à mi-chemin parce qu'ils seraient dans l'espace et qu'il n'y a pas d'air dans l'espace alors ils ne pourraient pas voler et en plus il ferait trop froid et ils gèleraient à mort.

Oh.

De toute façon ils ne sauraient pas où est Mars.

Nous on sait où c'est Mars ?

Plus ou moins.

Si on avait une navette spatiale on pourrait y aller ?

Eh bien. Si on avait une vraiment bonne navette et des gens pour nous aider je suppose qu'on le pourrait.

Il y aurait à manger et des trucs quand on arriverait là-haut ?

Non. Il n'y a rien là-haut.

Oh.

Ils restèrent un long moment assis par terre. Ils étaient assis sur leurs couvertures pliées et surveillaient la route des deux côtés. Pas de vent. Rien. Au bout d'un moment :

Il n'y a pas d'oiseaux, dit le petit. N'est-ce pas ?

Non.

Seulement dans les livres.

Oui. Seulement dans les livres.

Je pensais bien que non.

T'es prêt ?

Oui.

Ils se levèrent et rangèrent leurs tasses et le reste des biscuits. L'homme empila les couvertures par-dessus le caddie et rattacha la bâche puis il regarda longuement le petit. Qu'est-ce qu'il y a ? dit le petit.

Je sais que tu croyais qu'on allait mourir.

Ouais.

Mais on n'est pas morts.

Non.

D'accord ?

Je peux te demander quelque chose ?

Bien sûr.

Si on était des oiseaux on pourrait voler assez haut pour voir le soleil ?

Oui. On le pourrait.

C'est ce que je pensais. Ça serait vraiment chouette.

Oui, certainement. T'es prêt ?

Oui.

Il s'arrêta. Où est passée ta flûte ?

Je l'ai jetée.

Tu l'as jetée ?

Oui.

D'accord.

D'accord.

Dans le long crépuscule gris ils traversèrent une rivière et firent halte et regardèrent penchés sur le parapet de ciment le lent flot d'eau morte qui passait en dessous. En aval sur le linceul de suie comme sur du papier noir transparent, les contours d'une ville incendiée. Ils la revirent juste à la tombée de la nuit tandis qu'ils poussaient le lourd caddie sur une longue côte et ils s'arrêtèrent pour se reposer et il tourna le caddie en travers de la route pour l'empêcher de rouler. Leurs masques étaient déjà gris sur leurs bouches et leurs yeux cernés de noir profondément enfoncés. Ils s'assirent dans les cendres au bord de la route et regardèrent au loin vers l'est là où la forme de la ville disparaissait dans la nuit tombante. Ils ne voyaient aucune lumière.

Tu crois qu'il y a quelqu'un ici, Papa ?

J'en sais rien.

On peut s'arrêter bientôt ?

On peut s'arrêter maintenant.

Sur la montée ?

On peut descendre le caddie là-bas contre ces rochers et le cacher avec des branches.

C'est un bon endroit pour s'arrêter ?

Eh bien, les gens n'aiment pas s'arrêter dans une côte et nous on n'aime pas que les gens s'arrêtent.

Alors c'est un bon endroit pour nous.

Je crois.

Parce qu'on est malins.

Eh bien, ne soyons pas trop malins.

D'accord.

T'es prêt ?

Oui.

Le petit se leva et reprit son balai et se le mit sur

l'épaule. Il regardait son père. C'est quoi nos objectifs
à long terme ? dit-il.

Quoi ?

Nos objectifs à long terme.

Où as-tu entendu ça ?

J'sais pas.

Non, où as-tu entendu ça ?

C'est toi qui l'as dit.

Quand ?

Il y a longtemps.

Et c'était quoi la réponse ?

J'sais pas.

Eh bien. Moi non plus. Viens. Il va faire nuit.

Tard dans la journée du lendemain au débouché d'un
tournant le petit s'arrêta sur la route et posa la main sur
le caddie. Papa, souffla-t-il. L'homme leva la tête. Une
petite silhouette au loin sur la route, voûtée et traînant
les pieds.

Il s'arrêta en s'appuyant à la barre du caddie. Eh bien,
dit-il. Qui c'est celui-là ?

Qu'est-ce qu'il faut qu'on fasse, Papa ?

Ça pourrait être un leurre.

Qu'est-ce qu'on va faire ?

On va simplement le suivre. On verra s'il se retourne.

D'accord.

Le vagabond n'était pas de ces gens qui regardent en
arrière. Ils le suivirent un moment puis ils le dépassèrent.
Un vieillard, petit et voûté. Il portait sur ses épaules
un vieux sac à dos de l'armée sur lequel était attachée
une couverture roulée et il marchait en tapant par terre
avec un bâton écorcé qui lui tenait lieu de canne. En les

voyant il s'écarta sur le bord de la route et se retourna et resta debout l'air inquiet. Il avait une serviette sale nouée sous la mâchoire comme s'il avait eu une rage de dents et même selon la norme de leur nouveau monde il puait atrocement.

Je n'ai rien, dit-il. Vous pouvez regarder si vous voulez.

On n'est pas des voleurs.

Il pencha son oreille. Il criait : Quoi ?

J'ai dit qu'on n'était pas des voleurs.

Vous êtes quoi ?

Ils n'avaient aucun moyen de répondre à la question. Le vieil homme s'essuyait le nez avec le revers du poignet et attendait. Il n'avait pas de chaussures et ses pieds étaient enveloppés dans des haillons et des bouts de carton attachés avec de la ficelle verte et à travers les trous et les déchirures transparaissait un nombre improbable de couches de vêtements répugnants. Soudain il semblait encore plus petit. Il s'appuya sur sa canne et se baissa et s'assit sur la route parmi les cendres avec une main sur la tête. On eût dit un tas de guenilles tombées d'un caddie. Ils s'étaient approchés et le regardaient. Monsieur ? dit l'homme. Monsieur ?

Le petit s'accroupit et lui mit une main sur l'épaule. Il a peur, Papa. Le monsieur a peur.

L'homme regardait la route, des deux côtés. Si c'est une embuscade, il y aura droit le premier, dit-il.

Il a peur, Papa, c'est tout.

Dis-lui qu'on ne lui fera pas de mal.

Le vieillard hochait la tête de gauche à droite, ses doigts noués dans ses cheveux crasseux. Le petit leva les yeux sur son père.

Il croit peut-être qu'on est pas pour de vrai ?

Il croit qu'on est quoi ?

J'en sais rien.

On ne peut pas rester ici. Il faut partir.

Il a peur, Papa.

Je ne crois pas que tu devrais le toucher.

On pourrait peut-être lui donner quelque chose à manger.

Il restait debout et surveillait la route. Et merde, fit-il entre les dents. Il baissa les yeux sur le vieillard. Il s'était peut-être métamorphosé en Dieu, et eux en arbres. D'accord, dit-il.

Il détacha la bâche et l'écarta et fouilla parmi les boîtes de conserve et trouva une boîte de salade de fruits et sortit l'ouvre-boîte de sa poche et ouvrit la boîte et plia le couvercle et s'approcha et s'accroupit et tendit la boîte au petit.

Et la cuillère ?

Il se passera de cuillère.

Le petit prit la boîte et la tendit au vieillard. Prenez ça, souffla-t-il.

Le vieillard leva les yeux et regarda le petit. Le petit agitait la boîte pour attirer son attention. Comme s'il essayait de nourrir un vautour écrasé sur la route. C'est bon, dit-il.

Le vieillard retira la main de sa tête. Il clignait des yeux. Des yeux gris-bleu à moitié enfouis dans les rides minces et noircies de sa peau.

Prenez, dit le petit.

Le vieillard tendit ses doigts osseux et prit la boîte et la garda contre sa poitrine.

Mangez, dit le petit. C'est bon. Il faisait semblant d'incliner une tasse dans ses mains. Le vieillard regardait la boîte. Il la serra plus fort et la leva, les narines frémissantes. Ses longues griffes jaunies grinçaient sur le métal. Puis il inclina la boîte et but. Le sirop dégoulinait dans sa barbe sale. Il abaissa la boîte, avalant avec peine. Sa tête sursautait à chaque déglutition. Regarde, Papa, souffla le petit.

Je vois, dit l'homme.

Le petit se tourna et le regarda.

Je sais ce que tu vas me demander, dit l'homme. C'est non.

Qu'est-ce que je vais te demander ?

Si on peut le garder avec nous. On ne peut pas.

Je le sais.

Tu le sais.

Ouais.

Très bien.

On ne peut pas lui donner quelque chose d'autre ?

Voyons comment il se débrouille avec ça.

Ils le regardaient manger. Quand il eut terminé il resta assis avec la boîte vide dans la main à examiner le fond comme s'il pouvait y en avoir encore un peu qui allait apparaître.

Qu'est-ce que tu veux lui donner ?

Qu'est-ce qu'il devrait manger, à ton avis ?

Je crois qu'il ne devrait rien manger du tout. Qu'est-ce que tu veux lui donner ?

On pourrait faire cuire quelque chose sur le réchaud. Il pourrait manger avec nous.

Tu veux dire qu'on devrait s'arrêter. Pour la nuit.

Ouais.

Il baissait les yeux sur le vieil homme et regardait la route. Bon, dit-il. Mais de toute façon on repart demain.

Le petit ne répondait pas.

C'est ce que je peux te proposer de mieux comme marché.

D'accord.

D'accord ça veut dire d'accord. Ça ne veut pas dire qu'on va se remettre à négocier demain.

C'est quoi négocier ?

Ça veut dire qu'on va se remettre à discuter pour conclure un autre marché. Il n'y aura pas d'autre marché. Compris ?

D'accord.

D'accord.

Ils aidèrent le vieillard à se mettre debout et lui tendirent sa canne. Il pesait à peine cinquante kilos. Une fois debout il parut hésiter. L'homme lui prit la boîte des mains et la jeta dans les bois. Le vieillard essayait de lui passer la canne mais il la repoussa. Quand c'est la dernière fois que vous avez mangé ?

J'en sais rien.

Vous ne vous en souvenez pas ?

Je viens de manger. À l'instant.

Vous voulez manger avec nous ?

Je ne sais pas.

Vous ne savez pas ?

Manger quoi ?

Peut-être du ragoût de bœuf. Avec des biscuits salés. Et du café.

Qu'est-ce qu'il faut que je fasse ?

Nous dire ce que le monde est devenu.

Quoi ?

Vous n'avez rien besoin de faire. Vous n'avez pas trop de mal à marcher ?

Je peux marcher.

Il baissa les yeux sur le petit. T'es un petit garçon ? dit-il.

Le petit regarda son père.

De quoi a-t-il l'air ? dit le père.

J'en sais rien. Je n'y vois pas bien.

Vous me voyez ?

Je peux dire qu'il y a quelqu'un ici.

Bien. Il faut qu'on y aille maintenant. Il regarda le petit. Ne lui donne pas la main, dit-il.

Il n'y voit pas.

Ne lui donne pas la main. Allons-y.

Où on va ? dit le vieillard.

On va manger.

Il hocha la tête et tendit sa canne devant lui en donnant de petits coups hésitants sur la route.

Quel âge avez-vous ?

J'ai quatre-vingt-dix ans.

Non, c'est pas vrai.

D'accord.

C'est ce que vous dites aux gens ?

Quels gens ?

Tout le monde.

Je suppose.

Pour qu'on ne vous fasse pas de mal ?

Oui.

Ça marche ?

Non.

Qu'est-ce qu'il y a dans votre sac ?

Rien. Vous pouvez regarder.

Je sais que je peux regarder. Qu'est-ce qu'il y a dedans ?

Rien. Juste des affaires.

Rien à manger.

Non.

C'est comment votre nom ?

Élie.

Élie comment ?

Qu'est-ce que ça a de mal Élie ?

Rien. Allons-y.

Ils établirent leur bivouac dans les bois beaucoup plus près de la route qu'il ne l'aurait voulu. Il avait fallu qu'il tire le caddie pendant que le petit poussait par-derrière et ils avaient allumé un feu pour que le vieillard pût se réchauffer mais ça non plus ça ne lui plaisait guère. Ils mangeaient et le vieillard était assis enveloppé dans sa couette solitaire et tenait sa cuillère comme un enfant. Ils n'avaient que deux tasses et il but son café dans le bol dans lequel il avait mangé, ses pouces s'agrippant au bord. Il était assis les yeux fixés sur les braises, bouddha famélique usé jusqu'à l'os.

Vous ne pouvez pas venir avec nous, vous le savez, dit l'homme.

Il opina du chef.

Depuis combien de temps êtes-vous sur la route ?

J'ai toujours été sur la route. On ne peut pas rester au même endroit.

Comment faites-vous pour vivre ?

Je continue, c'est tout. Je savais que ça allait arriver.

Vous saviez que ça allait arriver ?

Ouais. Ça ou quelque chose comme ça. Je l'ai toujours cru.

Avez-vous essayé de vous y préparer ?

Non. Qu'est-ce que vous auriez fait ?

J'en sais rien.

Les gens passaient leur temps à faire des préparatifs pour le lendemain. Moi je n'ai jamais cru à ça. Le lendemain ne faisait pas de préparatifs pour eux. Le lendemain ne savait même pas qu'ils existaient.

Sans doute que non.

Même si on avait su quoi faire on n'aurait pas su quoi faire. On n'aurait pas su si on voulait le faire ou pas. Supposez que vous soyez le dernier qui reste ? Supposez que vous vous soyez fait ça vous-même ?

Vous souhaitez mourir ?

Non. Mais je pourrais souhaiter être mort. Quand on est en vie on a toujours ça devant soi.

Ou vous pourriez souhaiter n'être jamais né.

Eh bien. Les mendiants ne peuvent pas faire les difficiles.

Vous pensez que ce serait trop demander.

Ce qui est fait est fait. De toute façon ça ne rime à rien de vouloir du luxe par les temps qui courent.

Sans doute que non.

Personne ne veut être ici et personne ne veut partir. Il leva la tête et regarda le petit de l'autre côté du feu. Puis il regarda l'homme. L'homme voyait ses petits yeux qui l'observaient à la lueur des flammes. Dieu sait ce que voyaient ces yeux. Il se leva pour remettre du bois sur le feu et écarta les braises des feuilles mortes. Les étincelles rouges s'élevèrent en frémissant et s'éteignirent là-haut dans le noir. Le vieillard but le reste de son café et posa le bol devant lui et se pencha, les mains tendues vers la chaleur. L'homme l'observait. Comment saurait-on qu'on est le dernier homme sur terre ? dit-il.

Je ne crois pas qu'on le saurait. On le serait, c'est tout.

Personne ne le saurait.

Ça ne ferait aucune différence. Quand on meurt c'est comme si tout le monde mourait aussi.

Je suppose que Dieu le saurait. N'est-ce pas ?

Il n'y a pas de Dieu.

Non ?

Il n'y a pas de Dieu et nous sommes ses prophètes.

Je ne comprends pas comment vous êtes encore en vie. Comment faites-vous pour manger ?

Je ne sais pas.

Vous ne savez pas ?

On me donne des trucs.

On vous donne des trucs.

Oui.

À manger.

À manger. Oui.

Non. On ne vous donne rien.

Vous m'avez donné quelque chose, vous.

Non, pas moi. Le petit.

Il y a d'autres gens sur la route. Vous n'êtes pas les seuls.

Êtes-vous le seul ?

Le vieillard jetait des regards inquiets. Qu'est-ce que vous voulez dire ? dit-il.

Y a-t-il des gens avec vous ?

Quels gens ?

N'importe qui.

Il n'y a personne. De quoi parlez-vous ?

Je parle de vous. Du genre de travail que vous pourriez faire.

Le vieillard ne répondait pas.

Je suppose que vous voulez venir avec nous.

Venir avec vous.

Oui.

Vous ne m'emmènerez pas avec vous.

Vous ne voulez pas venir.

Je ne voulais même pas venir jusqu'ici mais j'avais faim.

Les gens qui vous ont donné à manger. Où sont-ils ?

Il n'y a personne. J'ai inventé ça.

Qu'est-ce que vous avez inventé d'autre ?

Je suis sur la route, tout simplement. Exactement comme vous.

C'est votre vrai nom Élie ?

Non.

Mais vous ne voulez pas dire votre nom.

Je ne veux pas le dire.

Pourquoi ?

Je ne pourrais pas vous le confier. Vous pourriez vous en servir. Je ne veux pas qu'on parle de moi. Qu'on dise où j'étais ou ce que j'ai dit quand j'étais à cet endroit-là. Vous voyez, vous pourriez peut-être parler de moi. Mais personne ne pourrait dire que c'était moi. Je pourrais être n'importe qui. Je crois que par les temps qui courent moins on en dit mieux ça vaut. S'il était arrivé quelque chose et qu'on soit des survivants et qu'on se soit croisés sur la route alors il y aurait quelque chose à dire. Mais ce n'est pas le cas. Alors il n'y a rien à dire.

Sans doute que non.

C'est plutôt qu'on ne veut rien dire devant le petit.

Vous n'êtes pas le rabatteur d'une troupe de brigands ?

Je ne suis rien. Je vais partir si vous voulez que je parte. Je peux retrouver la route.

Vous n'êtes pas obligé de partir.

Ça faisait longtemps que je n'avais pas vu de feu. C'est tout. Je vis comme une bête. Vous n'avez pas besoin de savoir les choses que j'ai mangées. Quand j'ai vu ce petit garçon j'ai cru que j'étais mort.

Vous avez cru que c'était un ange ?

Je ne savais pas ce qu'il était. Je ne pensais jamais revoir un enfant. Je ne savais pas que ça arriverait.

Et si je vous disais que c'est un dieu ?

Le vieillard hocha la tête. J'en ai terminé avec tout ça maintenant. Depuis des années. Là où les hommes ne peuvent pas vivre les dieux ne s'en tirent pas mieux.

Vous verrez. Il vaut mieux être seul. Alors j'espère que ce n'est pas vrai ce que vous venez de dire parce que se trouver sur la route avec le dernier dieu serait quelque chose de terrible, alors j'espère que ce n'est pas vrai. Les choses iront mieux lorsqu'il n'y aura plus personne.

Vous croyez ?

Certainement.

Mieux pour qui ?

Pour tout le monde.

Pour tout le monde.

Certainement. On se sentira tous mieux. On respirera tous plus facilement.

C'est bon à savoir.

Oui. Vraiment. Quand on sera tous enfin partis alors il n'y aura plus personne ici que la mort et ses jours à elle aussi seront comptés. Elle sera par ici sur la route sans avoir rien à faire et personne à qui le faire. Elle dira : Où sont-ils tous partis ? Et c'est comme ça que ça se passera. Qu'y a-t-il de mal là-dedans ?

Au matin ils firent halte sur la route et le petit et lui discutèrent de ce qu'ils pouvaient donner au vieillard. Au bout du compte, il n'eut pas grand-chose. Quelques boîtes de légumes et de fruits. Finalement le petit alla s'asseoir au bord de la route dans les cendres. Le vieillard rangea les boîtes dans son sac à dos et attacha les courroies. Vous devriez le remercier, dit l'homme. Moi je ne vous aurais rien donné.

Peut-être que je devrais et peut-être pas.

Pourquoi pas ?

Je ne lui aurais pas donné ma part.

Ça vous est égal si ça lui fait de la peine ?

Ça lui fera de la peine ?

Non. C'est pas pour ça qu'il l'a fait.

Pourquoi l'a-t-il fait ?

Il regarda le petit puis il regarda le vieillard. Vous ne pourriez pas comprendre, dit-il. Je ne suis pas sûr de comprendre moi-même.

Peut-être qu'il croit en Dieu.

Je ne sais pas en quoi il croit.

Ça lui passera.

Non. Sûrement pas.

Le vieillard ne répondait pas. Il regardait le jour autour d'eux.

Vous n'allez pas nous souhaiter bonne chance non plus ? dit l'homme.

Je ne sais pas ce que ça pourrait signifier. À quoi ressemblerait la chance. Qui pourrait avoir idée d'une chose pareille ?

Puis tous continuèrent. Quand il se retourna le vieillard était reparti en s'aidant de sa canne, tapotant pour trouver son chemin, rapetissant lentement sur la route derrière eux comme ces colporteurs des contes d'autrefois, noir et voûté et maigre comme une araignée et prêt à disparaître à jamais. Le petit ne se retournait plus.

Au début de l'après-midi ils déplièrent leur bâche sur la route et s'assirent et mangèrent un déjeuner froid. L'homme l'observait. Tu vas me parler ? dit-il.

Oui.

Mais tu n'es pas content.

Ça va.

Quand on n'aura plus rien à manger tu auras davantage de temps pour y penser.

Le petit ne répondait pas. Ils mangeaient. Il regardait la route derrière eux. Au bout d'un moment il dit : Je

156

sais. Mais je ne m'en souviendrai pas de la même façon que toi.

Sans doute que non.

Je n'ai pas dit que tu avais tort.

Même si tu le pensais.

C'est bon.

Ouais, dit l'homme. Écoute. Il n'y a pas tellement de bonnes nouvelles sur la route. Par les temps qui courent.

Tu ne devrais pas te moquer de lui.

D'accord.

Il va mourir.

Je sais.

On peut partir maintenant?

Ouais, dit l'homme. On peut partir.

Dans la nuit il s'était réveillé, secoué par la toux dans l'obscurité glaciale et il toussait à s'en arracher les poumons. Il se pencha sur le feu et souffla sur les braises et remit du bois et se leva et s'éloigna du bivouac aussi loin que portait la lumière. Il s'agenouilla dans les feuilles sèches et la cendre, la couverture autour de ses épaules, et bientôt la toux commença à diminuer. Il pensait au vieillard qui devait être quelque part pas loin d'ici. Il regardait le bivouac derrière lui entre les noirs piquets des arbres. Il espérait que le petit s'était rendormi. Il était agenouillé, un râle léger sortant de ses lèvres, les mains sur les genoux. Je vais mourir, dit-il. Dis-moi comment je dois m'y prendre.

Le lendemain ils marchèrent presque jusqu'à la nuit. Il ne pouvait pas trouver d'endroit sûr pour y faire un feu.

Le réservoir quand il le sortit du caddie lui parut léger. Il s'assit et tourna le robinet mais le robinet était déjà ouvert. Il tourna le petit bouton du brûleur. Rien. Il se pencha pour écouter. Il essaya encore une fois les deux robinets dans toutes leurs combinaisons. Le réservoir était vide. Il s'accroupit, les poings serrés contre son front, les yeux fermés. Au bout d'un moment il leva la tête. Il restait là, contemplant d'un regard vide les bois transis de plus en plus sombres.

Ils mangèrent un repas froid de pain de maïs, de haricots et de francforts en boîte. Le petit lui demanda comment le réservoir avait pu se vider si vite mais il se contenta de répondre que c'était comme ça.

Tu avais dit qu'il y en avait pour des semaines.

Je sais.

Mais il n'y en a eu que pour quelques jours.

Je m'étais trompé.

Ils mangeaient en silence. Au bout d'un moment : J'ai oublié de fermer le robinet, dit le petit. C'est ça ?

Ce n'est pas ta faute. J'aurais dû vérifier.

Le petit posa son assiette sur la bâche. Il détourna la tête.

Ce n'est pas ta faute. Il faut fermer les deux robinets. Il fallait mettre du ruban de téflon sur les filetages pour éviter que ça fuie et je ne l'ai pas fait. C'est ma faute. Je ne te l'avais pas dit.

Seulement il n'y avait pas de téflon, c'est ça ?

Ce n'est pas ta faute.

Ils continuaient, maigres et crasseux comme des drogués au coin d'une rue. Encapuchonnés dans leurs couvertures pour se protéger du froid, l'haleine fumante, peinant dans les noires et soyeuses congères. Ils traversaient la large plaine côtière où les vents profanes en les poussant dans des nuages de cendre rugissants les forçaient à trouver refuge où ils pouvaient. Dans des maisons ou des granges ou au pied d'un remblai dans un fossé au bord de la route avec les couvertures sur leurs têtes et le ciel de midi noir comme les caves de l'enfer. Il tenait le petit contre lui, transi jusqu'à l'os. Ne perds pas courage, disait-il. Ça va aller.

Le terrain était raviné et érodé et nu. Les os de créatures mortes épars dans les coulées. Des décharges d'ordures anonymes. Dans les champs, des maisons de ferme aux murs décapés jusqu'à la dernière trace de peinture et les lattes gauchies tombant de leurs montants. Tout cela sans ombres et indéfinissable. La route descendait à travers une jungle de puéraires mortes. Un marais où les roseaux morts étaient couchés sur l'eau. Au-delà de la limite des champs le morne brouillard s'accrochait indifféremment à la terre et au ciel. À la fin de l'après-midi il se mit à neiger et ils continuèrent avec la bâche sur leurs têtes et la neige mouillée qui tombait sur le plastique en sifflant.

Il dormait peu depuis des semaines. Au matin à son réveil le petit n'était pas là et il se redressa avec le revolver à la main puis se leva et le chercha des yeux mais il ne le voyait nulle part. Il mit ses chaussures et alla jusqu'à la lisière des arbres. Une aube lugubre à l'est. Le soleil d'un autre monde commençant sa froide migration. Il aperçut le petit qui revenait par les champs en courant. Il criait. Papa, il y a un train dans les bois.

Un train ?

Oui.

Un vrai train ?

Oui. Viens.

Tu ne t'es pas approché trop près, au moins ?

Non. Juste un peu. Viens.

Il n'y a personne là-bas ?

Non. Je ne crois pas. Je suis venu te chercher.

Il y a une locomotive ?

Oui. Une grosse diesel.

Ils traversèrent le champ et entrèrent dans les bois de l'autre côté. La voie débouchait des champs sur une pente en dévers et continuait à travers les bois. La locomotive était une diesel-électrique et il y avait derrière huit wagons de voyageurs en acier inoxydable. Il prit le petit par la main. Asseyons-nous un moment et ouvrons l'œil, dit-il.

Ils attendaient, assis sur le remblai. Rien ne bougeait. Il passa le revolver au petit. Prends-le toi, Papa, dit le petit.

Non. Ce n'est pas ce qui était convenu. Prends-le toi.

Il prit le revolver et le garda sur ses genoux et l'homme descendit sur la voie et s'arrêta pour regarder le train. Il traversa les rails et une fois de l'autre côté longea les wagons. Quand il eut dépassé le dernier wagon il fit signe au petit de venir et le petit se leva et glissa le revolver sous sa ceinture.

Tout était couvert de cendre. Les couloirs jonchés de détritus. Il y avait des valises ouvertes sur les sièges, descendues des porte-bagages et depuis longtemps vidées de leur contenu. Dans le wagon-restaurant il tomba sur une pile d'assiettes en carton et souffla dessus pour enlever la poussière et les fourra à l'intérieur de sa parka et ce fut tout.

Comment ça se fait que ce train est arrivé jusqu'ici?

J'en sais rien. Sans doute que quelqu'un le conduisait vers le sud. Un groupe. Ils se sont probablement retrouvés à court de carburant.

Il est ici depuis longtemps?

Oui. Sans doute. Depuis pas mal de temps.

Ils traversèrent le dernier wagon et longèrent la voie jusqu'à la locomotive et grimpèrent sur la passerelle. De la rouille et de la peinture écaillée. Ils entrèrent dans la cabine de conduite et il souffla sur la cendre qui recouvrait le siège du mécanicien et mit le petit aux commandes. Les commandes étaient on ne peut plus simples. Rien d'autre à faire que de pousser en avant le levier du régulateur. Il faisait des bruits de train et des bruits de sirène de locomotive diesel mais il n'était pas certain que ces bruits-là aient un sens pour le petit. Au bout d'un moment ils se contentèrent de regarder dehors par la vitre à travers un dépôt de crasse la voie ferrée qui tournait et disparaissait dans un fouillis d'herbes folles. Sans doute voyaient-ils tous deux des mondes différents mais ils savaient la même chose. Que le train resterait là et se désagrégerait lentement pendant toute l'éternité et que plus aucun train ne circulerait jamais.

On peut y aller, Papa?

Oui, bien sûr.

Ils commençaient à rencontrer de temps à autre de petits cairns de pierres au bord de la route. Il y avait des repères dans une langue de gitans, des signes de piste inutiles. Les premiers qu'il voyait depuis pas mal de temps, fréquents dans le nord, jalonnant le chemin de fugitifs échappés de villes pillées et exsangues, messages sans espoir à des êtres chers perdus et morts. En ce temps-là déjà tous les magasins d'alimentation avaient fermé et le meurtre régnait partout sur le pays. Le monde allait être bientôt peuplé de gens qui mangeraient vos enfants sous vos yeux et les villes elles-mêmes seraient entre les mains de hordes de pillards au visage noirci qui se terraient parmi les ruines et sortaient en rampant des décombres, les dents et les yeux blancs, emportant dans des filets en nylon des boîtes de conserve carbonisées et anonymes, tels des acheteurs revenant de leurs courses dans les économats de l'enfer. Le talc noir et mou volait à travers les rues comme l'encre d'un poulpe déroulant ses spirales sur un fond marin et le froid s'insinuait sous la peau et l'obscurité tombait de bonne heure et les pillards courant les canyons abrupts leurs torches à la main trouaient les congères de cendre de soyeuses crevasses qui se refermaient sur leurs pas aussi silencieusement que des yeux. Sur les routes là-bas les fugitifs s'écroulaient et tombaient et mouraient et la terre glauque sous son linceul suivait tant bien que mal son chemin de l'autre côté du soleil et s'en retournait aussi vierge de toute trace et tout aussi ignorée que la trajectoire de n'importe quelle planète sœur innommée dans le noir immémorial.

Bien avant qu'ils arrivent à la côte leurs provisions étaient toutes pratiquement épuisées. Le pays avait été ratissé et pillé des années plus tôt et ils ne trouvaient rien dans les maisons ni dans les bâtiments au bord de la route. Il trouva un annuaire téléphonique dans une station-service et il écrivit le nom de la ville sur leur carte avec un crayon. Ils s'assirent sur le trottoir devant le bâtiment et ils mangèrent des biscuits et cherchèrent la ville sans pouvoir la trouver. Il arrangea les feuillets et se remit à chercher. Finalement il montra au petit un point sur la carte. Ils étaient à environ quatre-vingts kilomètres à l'ouest de l'endroit où il avait pensé qu'ils se trouvaient. Il dessinait des bâtons sur la carte. Ça c'est nous, dit-il. Le petit traça la route de la mer avec son doigt. Combien de temps il va nous falloir pour arriver jusque-là ? dit-il.

Deux semaines. Trois.

Elle est bleue ?

La mer ? J'en sais rien. Elle l'était.

Le petit acquiesça. Il restait assis, les yeux fixés sur la carte. L'homme l'observait. Il croyait comprendre de quoi il retournait. Il avait contemplé des cartes quand il était enfant, le doigt posé sur la ville où il habitait. Exactement comme il aurait cherché sa famille dans l'annuaire téléphonique. Eux-mêmes parmi d'autres, chaque chose là où il faut. À sa juste place dans le monde. Viens, dit-il. Il faut partir.

À la fin de l'après-midi il se mit à pleuvoir. Ils quittèrent la route et prirent un chemin de terre à travers champs et passèrent la nuit dans une remise. Le sol de la remise était en ciment et au fond il y avait des fûts vides en acier. Il bloqua la porte avec les fûts et fit un feu par terre et improvisa des lits avec des cartons qu'il avait mis à plat. Toute la nuit la pluie martela le toit de tôle au-dessus de leurs têtes. Quand il se réveilla le feu était éteint et il faisait très froid. Le petit s'était redressé, enveloppé dans sa couverture.

Qu'est-ce qu'il y a?

J'ai fait un cauchemar.

De quoi tu as rêvé?

De rien.

Ça va?

Non.

Il lui enlaçait les épaules et le serrait contre lui. Ça va aller, dit-il.

Je pleurais. Mais tu ne t'es pas réveillé.

Je te demande pardon. J'étais très fatigué, voilà.

Je voulais dire dans le rêve.

Au matin quand il se réveilla la pluie s'était arrêtée. Il écoutait le lent clapotis des gouttes. D'un mouvement des hanches il changea de position sur le sol dur pour regarder à travers les planches le paysage gris. Le petit dormait encore. Les gouttes d'eau tombaient en flaques par terre. De petites bulles se formaient et filaient puis disparaissaient. Dans une ville au pied de la montagne ils avaient dormi dans un endroit comme celui-ci et écouté la pluie. Il y avait dans cette ville un drugstore à l'ancienne avec un comptoir en marbre noir et des tabourets en métal chromé aux sièges en plastique éventrés rapetassés avec du chatterton. La pharmacie avait été pillée mais le magasin lui-même était curieusement intact. Il y avait sur les rayons de coûteux appareils électroniques encore en bon état. Son regard allait et venait dans le magasin. Toutes sortes d'objets.

Des articles de mercerie. C'est quoi là-bas ? Il avait pris la main du petit et l'emmenait vers la sortie mais le petit avait déjà vu ce que c'était. Une tête humaine sous une cloche à gâteaux au bout du comptoir. Desséchée. Coiffée d'une casquette de base-ball. Des yeux racornis tristement tournés vers l'intérieur. Avait-il rêvé cela ? Non. Il se releva et se mit à genoux et souffla sur les braises et tira par le bord la planche brûlée et ranima le feu.

Il y a d'autres gentils. C'est ce que tu as dit.
Oui.
Alors où ils sont ?
Ils se cachent.
De qui est-ce qu'ils se cachent ?
Les uns des autres.
Il y en a beaucoup ?
On n'en sait rien.
Mais il y en a quelques-uns ?
Quelques-uns. Oui.
C'est vrai ?
Oui. C'est vrai.
Mais ça ne l'est peut-être pas.
Je crois que c'est vrai.
D'accord.
Tu ne me crois pas.
Si. Je te crois.
D'accord.
Je te crois toujours.
Ça m'étonnerait.
Mais si. Il le faut bien.

Ils avaient marché dans la boue pour regagner l'autoroute. Une odeur de terre et de cendre mouillée dans la pluie. De l'eau noire dans le fossé au bord de la route. Aspirée d'un ponceau en fer dans une mare. Une biche en plastique dans une cour. Tard dans la journée du lendemain ils entrèrent dans une petite ville où trois hommes surgirent de derrière un camion et se postèrent sur la route devant eux. Émaciés, déguenillés. Brandissant des tronçons de tuyau. Qu'est-ce que t'as dans ce caddie ? Il pointait sur eux le revolver. Ils ne bougeaient pas. Le petit s'agrippait à son manteau. Personne ne parlait. Il recommença à avancer en poussant le caddie et les types se rangèrent au bord de la route. Il dit au petit de prendre le caddie et continua à reculons en gardant le revolver braqué sur eux. Il aurait voulu passer pour un quelconque tueur nomade mais son cœur donnait des coups de marteau et il savait qu'il allait se mettre à tousser. Les types étaient revenus au milieu de la route et l'observaient. Il glissa le revolver sous sa ceinture et se retourna et reprit le caddie. En haut de la côte quand il regarda par-dessus son épaule ils étaient encore là. Il dit au petit de pousser le caddie et il se faufila dans une cour à un endroit d'où il pouvait surveiller la route jusqu'en bas mais les types étaient déjà partis. Le petit avait très peur. Il posa le revolver sur la bâche et prit le caddie et ils repartirent.

Ils restèrent jusqu'à la tombée de la nuit à surveiller la route, allongés dans un champ, mais personne ne vint. Il faisait très froid. Quand il fit trop sombre pour voir ils reprirent le caddie et retournèrent à la route en trébuchant et il sortit les couvertures et ils s'enveloppèrent dedans et repartirent. Cherchant à tâtons l'asphalte sous leurs pieds. L'une des roues du caddie commençait à grincer à intervalles réguliers mais on ne pouvait rien y faire. Ils continuèrent quelques heures encore puis se frayèrent un chemin à travers les broussailles au bord de la route et s'allongèrent grelottants et à bout de forces sur le sol froid et dormirent jusqu'au jour. Au réveil il était malade.

Maintenant il avait de la fièvre et ils étaient allongés dans les bois comme des prisonniers évadés. Pas un endroit où faire un feu. Pas un endroit sûr. Le petit était assis sur les feuilles et l'observait, les yeux embués. Papa ? dit-il. Tu vas mourir ?

Non. Je suis seulement malade.

J'ai très peur.

Je sais. Ça va s'arranger. Je vais aller mieux. Tu vas voir.

Ses rêves étaient moins sombres. Le monde disparu revenait. Des parents morts depuis longtemps refaisaient surface et lui jetaient de biais des regards prémonitoires. Aucun ne parlait. Il pensait à sa vie. D'il y avait si longtemps. Une journée grise dans une ville étrangère où il s'était mis à la fenêtre et regardait la rue en bas. Derrière lui une petite lampe était allumée sur une table en bois. Sur la table des livres et des papiers. Il commençait à pleuvoir et un chat venait de tourner au coin de la rue et traversait le trottoir et s'asseyait sous la tente du café. Il y avait une femme à une table qui se tenait la tête dans ses mains. Des années plus tard il s'était retrouvé dans les ruines carbonisées d'une bibliothèque où des livres noircis gisaient dans des flaques d'eau. Des étagères renversées. Une sorte de rage contre les mensonges alignés par milliers rangée après rangée. Il ramassa un livre et feuilleta les lourdes pages gonflées d'humidité. Il n'aurait pas cru que la valeur de la moindre petite chose pût dépendre d'un monde à venir. Ça le surprenait. Que l'espace que ces choses occupaient fût lui-même une attente. Il lâcha le livre et regarda une dernière fois autour de lui et sortit dans la froide lumière grise.

Trois jours. Quatre. Il dormait mal. La toux torturante le réveillait. Le long raclement de l'air à chaque respiration. Pardon, disait-il à l'impitoyable obscurité. Ça ne fait rien, disait le petit.

Il alluma la petite lampe à pétrole et la posa sur une pierre et se leva et partit en traînant les pieds dans les feuilles, enveloppé dans les couvertures. Le petit lui chuchotait de ne pas partir. Juste à côté, dit-il. Pas loin. Je t'entendrai si tu appelles. Si la lampe s'éteignait il ne pourrait pas retrouver son chemin pour revenir. Il s'assit dans les feuilles en haut de la colline et plongea son regard dans le noir. Rien à voir. Pas de vent. Autrefois quand il allait comme ça s'asseoir pour parcourir du regard les terres alentour, dont la plus vague forme visible se distinguait à peine à l'endroit où la lune disparue pistait le désert caustique, il apercevait parfois une lueur. Floue et informe dans les ténèbres. De l'autre côté d'une rivière ou enfoncée dans les quadrants noircis d'une ville incendiée. Au matin il retournait parfois avec les jumelles pour scruter l'horizon dans l'espoir d'un signe quelconque de fumée mais il n'en voyait jamais.

En hiver debout à la lisière d'un champ parmi des hommes frustes. De l'âge du petit. Un peu plus âgé. Il les regardait pendant qu'ils éventraient à coups de pic et de pioche le sol rocailleux à flanc de colline et qu'ils ramenaient à la lumière du jour un énorme nœud de serpents au nombre peut-être d'une centaine. Agglutinés là pour partager une chaleur commune. Les tubes mats de leurs corps commençant à bouger paresseusement dans la dure et froide lumière. Comme les intestins d'une énorme bête exposés à la lumière du jour. Les hommes les aspergeaient d'essence et les brûlaient vifs, n'ayant pas de remède pour le mal mais seulement pour l'image du mal tel qu'ils se le représentaient. Les serpents en feu se tordaient atrocement et il y en avait qui traversaient la grotte en rampant sur le sol et en illuminaient les plus sombres recoins. Comme ils étaient muets il n'y avait aucun cri de douleur et les hommes qui les regardaient brûler et se tordre et noircir étaient eux-mêmes dans le même silence et ils se dispersaient en silence dans le crépuscule hivernal chacun avec ses propres pensées et rentraient chez eux pour le dîner.

Une nuit le petit s'était réveillé d'un rêve et il ne voulait pas lui dire ce que c'était.

Tu n'es pas forcé de me le dire, dit l'homme. C'est bien comme ça.

J'ai peur.

Ça va aller.

Non sûrement pas.

Ce n'est qu'un rêve.

J'ai très peur.

Je sais.

169

Le petit détournait la tête. L'homme le tenait contre lui. Écoute-moi, dit-il.

Quoi ?

Quand tu rêveras d'un monde qui n'a jamais existé ou d'un monde qui n'existera jamais et qu'après tu te sentiras de nouveau heureux, alors c'est que tu auras renoncé. Comprends-tu ? Et tu ne peux pas renoncer. Je ne te le permettrai pas.

Quand ils repartirent il était très faible et malgré tous ses discours il était plus découragé qu'il ne l'avait jamais été depuis des années. Souillé de diarrhée, courbé sur le caddie. De ses yeux caves et hagards il regardait le petit. Une nouvelle distance entre eux. Il le sentait. Au bout de deux jours ils arrivèrent dans une région où étaient passées les tempêtes de feu, laissant kilomètre sur kilomètre de brûlis. Dans la chaussée un agglomérat de cendre profond de plusieurs centimètres où il était difficile d'avancer avec le caddie. Le macadam au-dessous avait gonflé dans la chaleur puis était retombé. Il s'appuyait sur le caddie et regardait la longue ligne droite de la route. Les minces fûts des arbres tout le long. Les cours d'eau une boue grise. Une terre carbonisée, une terre de rien.

Au-delà d'un carrefour dans cette dévastation ils commencèrent à rencontrer des affaires abandonnées par des réfugiés sur la route des années plus tôt. Des caisses et des sacs. Toute chose fondue et noire. De vieilles valises en plastique informes et tirebouchonnées par la chaleur. Çà et là l'empreinte de choses arrachées du goudron par des pillards. Un kilomètre plus loin ils commencèrent à rencontrer les morts. Des créatures à moitié enlisées dans le bitume, s'agrippant à leur propre corps, la bouche hurlante. Il posa la main sur l'épaule du petit. Donne-moi la main, dit-il. Je ne crois pas que tu devrais voir ça.

Ce qui t'entre dans la tête y est pour toujours ?

Oui.

Ça ne fait rien Papa.

Ça ne fait rien ?

Ils y sont déjà.

Je ne veux pas que tu regardes.

Ils y seront quand même.

Il s'était arrêté et s'appuyait au caddie. Il regardait au loin la route et il regardait le petit. Si étrangement imperturbable.

Pourquoi on ne continue pas, dit le petit.

Bon. D'accord.

Ils essayaient de s'échapper, hein Papa ?

Oui. C'est ça.

Pourquoi ils n'ont pas quitté la route ?

Il n'y avait pas moyen. Tout était en feu.

Ils se frayaient un chemin entre les créatures momifiées. La peau noire tendue sur les os et les visages fendus et rétrécis sur leurs crânes. Comme les victimes d'une monstrueuse pompe à vide. Passant en silence devant eux dans la cendre volante le long de ce couloir silencieux, où elles luttaient pour toute l'éternité dans le froid coagulat de la route.

Ils passèrent au bord de la route sur l'emplacement d'un hameau anéanti par l'incendie. Des citernes métalliques, quelques cheminées de brique noircie encore debout. Il y avait dans les fossés des flaques grises de verre fondu scorifié et les fils électriques nus traînaient le long de la chaussée sur des kilomètres d'écheveaux en train de rouiller. Il toussait à chaque pas. Il voyait que le petit l'observait. Il occupait toutes les pensées du petit. Et c'était bien ainsi.

Ils étaient assis sur la route et mangeaient avec leur dernière boîte de thon les restes d'un pain jadis cuit à la poêle et dur comme du biscuit de soldat. Il ouvrit une boîte de prunes et ils se la passèrent à tour de rôle. Le petit leva bien haut la boîte et la vida de la dernière goutte de sirop puis resta avec la boîte sur ses genoux et passa son index autour sur le côté intérieur et se mit le doigt dans la bouche.

Va pas te couper le doigt, dit l'homme.

Tu dis toujours ça.

Je sais.

Il le regardait lécher le couvercle de la boîte. Très minutieusement. Comme un chat léchant son reflet dans un verre. Arrête de me regarder, dit le petit.

D'accord.

Il replia le couvercle de la boîte et posa la boîte sur la route devant lui. Quoi ? dit-il. Qu'est-ce qu'il y a ?

Dis-moi.

Rien.

Dis-moi.

Je crois qu'il y a quelqu'un qui nous suit.

C'est ce que je pensais.

C'est ce que tu pensais ?

Oui. C'est ce que je pensais que tu allais dire. Qu'est-ce que tu veux faire ?

J'en sais rien.

Qu'est-ce que tu en penses ?

Continuons. On devrait cacher nos ordures.

Parce qu'ils croiront qu'on a beaucoup de provisions ?

Oui.

Et ils essaieront de nous tuer.

Ils ne nous tueront pas.

Ils pourraient essayer.

Ça va aller.

D'accord.

Je crois qu'on devrait se cacher dans l'herbe et les attendre. Pour voir qui c'est.

Et combien ils sont.

Et combien ils sont. Oui.

D'accord.

Si on arrive à traverser la rivière on pourra monter sur les falaises là-bas et surveiller la route.

D'accord.

On trouvera un endroit.

Ils se levèrent et empilèrent leurs couvertures dans le caddie. Reprends la boîte, dit l'homme.

Le temps que la route traverse la rivière, le long crépuscule était déjà bien avancé. Ils passèrent le pont et s'enfoncèrent dans les bois avec le caddie à la recherche d'un endroit où ils pourraient le laisser sans qu'on puisse le voir. Puis ils restèrent debout dans la pénombre pour surveiller la route par laquelle ils étaient venus.

Et si on le mettait sous le pont ? dit le petit.

Et s'ils descendent par là pour chercher de l'eau ?

Tu crois qu'ils sont encore loin ?

J'en sais rien.

Il va faire nuit.

Je sais.

Et s'ils passent pendant la nuit ?

Trouvons un endroit d'où on peut surveiller le terrain. Il ne fait pas encore nuit.

Ils cachèrent le caddie et emportèrent leurs couvertures et gravirent la pente entre les rochers puis se postèrent à un endroit d'où la route était visible sur près d'un kilomètre entre les arbres. Ils étaient à l'abri du vent et ils s'étaient enveloppés dans leurs couvertures et ils se relayaient pour faire le guet mais au bout d'un moment le petit s'endormit. Il était presque endormi lui aussi quand il vit une silhouette apparaître en haut de la route et s'arrêter. Bientôt deux autres apparurent. Puis une quatrième. Ils firent halte et se regroupèrent. Puis ils repartirent. Il pouvait à peine les distinguer dans l'épaisse pénombre. Il pensait qu'ils allaient peut-être bientôt s'arrêter et il regrettait de ne pas avoir trouvé un endroit plus éloigné de la route. S'ils s'arrêtaient au pont ce serait une longue nuit dans le froid. Ils descendirent la route et traversèrent le pont. Trois hommes et une femme. La femme marchait en canard et quand elle fut plus près il remarqua qu'elle était enceinte. Les hommes portaient des sacs sur leur dos et la femme portait une petite valise en toile. Tous d'un aspect misérable défiant toute description. La vapeur molle de leur haleine. Ils traversèrent le pont et continuèrent le long de la route et disparurent l'un après l'autre dans l'obscurité qui attendait.

Ce fut quand même une longue nuit. Quand il fit suffisamment jour pour voir il mit ses chaussures et se leva et s'enveloppa dans une des couvertures et partit un peu plus loin et resta debout les yeux fixés sur la route en dessous. Le bois nu couleur fer et plus loin les champs. Encore vaguement visibles les formes cannelées d'anciens sillons creusés à la herse. Peut-être un champ de coton. Le petit était endormi et il descendit jusqu'au caddie et prit la carte et la bouteille d'eau et une boîte de fruits parmi leurs maigres provisions puis revint et s'assit dans les couvertures pour étudier la carte.

Tu crois toujours qu'on a fait plus de chemin que ce qu'on a fait.

Il déplaçait son doigt. Ici alors.

Encore un peu.

Ici.

D'accord.

Il replia les feuillets ramollis en train de pourrir. D'accord, dit-il.

Ils restaient assis, le regard fixé sur la route entre les arbres.

Crois-tu que tes ancêtres regardent ? Qu'ils marquent dans leur grand livre à combien ils t'estiment ? Par rapport à quoi ? Il n'y a pas de grand livre et tes ancêtres sont morts et enterrés.

C'était une région où l'on passait du pin au chêne vert et au pin. Des magnolias. Des arbres aussi morts que tous les autres. Il ramassa une des lourdes feuilles et la réduisit en poussière en l'écrasant dans sa main puis filtra la poussière entre ses doigts.

De bonne heure sur la route le lendemain matin. Ils n'étaient pas allés loin quand le petit le tira par la manche et ils s'arrêtèrent. Une mince flèche de fumée sortait des bois devant eux. Qu'est-ce qu'il faut qu'on fasse, Papa ?

On devrait peut-être aller voir ?

On ferait mieux de continuer.

Et s'ils vont dans la même direction que nous ?

Et alors ? dit le petit.

On les aura derrière nous. Je voudrais bien savoir ce que c'est que ces gens-là.

Et si c'est une armée ?

C'est juste un petit feu.

Pourquoi est-ce qu'on n'attend pas ?

On ne peut pas attendre. On n'a presque plus de provisions. Il faut qu'on continue.

Ils laissèrent le caddie dans les bois et il vérifia la rotation des cartouches dans le barillet. De celles en bois et de la vraie. Ils étaient debout, l'oreille tendue. La fumée restait verticale dans l'air immobile. Aucun son d'aucune sorte. Les feuilles étaient ramollies par les récentes pluies et ne faisaient pas de bruit sous les pieds. Il se retourna et regarda l'enfant. Le petit visage sale agrandi par la peur. Ils firent de loin le tour du feu, le petit s'accrochant à sa main. Il s'assit sur les talons et l'entoura de son bras et ils restèrent un long moment à écouter. Je crois qu'ils sont partis, souffla-t-il.

Quoi ?

Je crois qu'ils sont partis. Ils avaient sans doute quelqu'un qui faisait le guet.

Ça pourrait être un piège, Papa.

D'accord. Attendons un peu.

Ils attendirent. Ils voyaient la fumée entre les arbres. Une brise commençait à agiter la pointe de la flèche et la fumée dérivait et ils pouvaient en sentir l'odeur. L'odeur de quelque chose en train de cuire. Faisons le tour, dit l'homme.

Je peux te donner la main ?

Oui. Bien sûr.

Les bois n'étaient plus que des troncs carbonisés. Il n'y avait rien à voir. Je crois qu'ils nous ont vus, dit l'homme. Je crois qu'ils nous ont vus et qu'ils ont filé. Ils ont vu qu'on avait une arme.

Ils ont laissé leur repas sur le feu.

Oui.

Allons voir.

Ça me fait très peur, Papa.

Il n'y a personne. Ça va aller.

Ils s'avancèrent dans la petite clairière, le petit s'agrippant à sa main. Ils avaient tout emporté avec eux sauf quelque chose de noir qui était enfilé sur une broche au-dessus des braises. Il s'était arrêté pour s'assurer qu'il n'y avait pas de danger quand le petit se retourna et enfouit contre lui son visage. Il jeta un bref regard pour voir ce qui se passait. Qu'est-ce qu'il y a ? dit-il. Qu'est-ce qu'il y a ? Oh ! Papa, dit le petit. Il se tourna et regarda de nouveau. Ce que le petit venait de voir c'était un nourrisson carbonisé décapité et éviscéré en train de noircir sur la broche. Il se baissa et souleva le petit et repartit avec lui en direction de la route, en le serrant très fort. Je te demande pardon, chuchota-t-il. Je te demande pardon.

Il se demandait si le petit reparlerait jamais. Ils avaient établi leur bivouac au bord d'une rivière et il était assis devant le feu et il écoutait l'eau qui coulait dans l'obscurité. Ce n'était pas un endroit sûr parce que le bruit de la rivière masquait tous les autres mais il pensait que ça réconforterait le petit. Ils avaient mangé les derniers restes de leurs provisions et il examinait la carte. Il mesurait la route avec un bout de ficelle et la regardait et mesurait de nouveau. Encore pas mal de chemin jusqu'à la côte. Il ne savait pas ce qu'ils trouveraient quand ils y arriveraient. Il rassembla les feuilles et les rangea dans le sac en plastique et resta assis à contempler les braises.

Le lendemain ils traversèrent la rivière sur un étroit pont de fer et entrèrent dans un ancien bourg industriel. Ils fouillèrent les maisons de bois mais ne trouvèrent rien. Assis sur une véranda un homme en salopette mort depuis des années. Il avait l'air d'un chef d'équipe sur le point d'annoncer une pause. Ils suivirent le long mur sombre de l'usine aux fenêtres bouchées avec des briques. La fine suie noire balayait les rues devant eux.

Toutes sortes de choses éparses sur le bord de la route. Des appareils électriques, des meubles. Des outils. Des choses abandonnées depuis longtemps par des fugitifs en marche vers leur mort individuelle et collective. Encore un an plus tôt le petit pouvait parfois ramasser quelque chose qu'il emportait avec lui pour le garder un moment mais il ne le faisait plus. Ils s'assirent pour se reposer et boire le reste de leur eau potable et laissèrent le jerricane en plastique posé droit sur la route. Le petit dit : Si on avait trouvé ce petit bébé il aurait pu venir avec nous.

Oui, il aurait pu.

Où ils l'ont trouvé ?

Il ne répondait pas.

Il ne pourrait pas y en avoir un autre quelque part ?

J'en sais rien. Ça se peut.

Je regrette ce que j'ai dit à propos de ces gens.

Quels gens ?

Les gens qui ont brûlé. Ceux qui ont été surpris sur la route et qui ont brûlé.

Je ne savais pas que tu avais dit quelque chose de mal.

C'était rien de mal. On peut y aller maintenant ?

D'accord. Tu veux faire un bout de chemin dans le caddie ?

Non. Ça va.

Juste un bout de chemin. Monte.

Je ne veux pas. Ça va.

L'eau lente dans le plat pays. Au bord de la route les marais gris d'eau morte. Les cours d'eau de la plaine côtière déroulant leurs méandres couleur de plomb à travers les terres agricoles dévastées. Ils continuaient. Plus loin sur la route devant eux il y avait un creux et une jonchère. Il doit y avoir un pont là-bas, dit-il. Sans doute un ruisseau.

On peut boire l'eau ?

On n'a pas le choix.

Ça ne va pas nous rendre malades.

Je ne crois pas. Le ruisseau pourrait être à sec.

Je peux aller devant ?

Oui. Bien sûr.

Le petit s'élança sur la route. Il ne l'avait pas vu courir comme ça depuis longtemps. Les coudes écartés, faisant claquer ses baskets trop grandes pour lui. Il s'arrêta et le suivit du regard en se mordant la lèvre.

L'eau n'était guère qu'un suintement. Il la voyait remuer lentement dans la rigole en ciment sous la chaussée où elle s'écoulait et il cracha dans l'eau et regarda pour voir si ça allait bouger. Il sortit un chiffon et un bocal en plastique du caddie et il enroula le chiffon sur l'embouchure du bocal et plongea le bocal dans l'eau et le regarda se remplir. Il le sortit dégoulinant et l'examina à la lumière. Ça n'avait pas l'air trop mauvais. Il retira le chiffon et tendit le bocal au petit. Vas-y, dit-il.

Le petit but et lui rendit le bocal.

Bois encore.

Bois un peu, Papa.

D'accord.

Ils étaient assis, filtrant l'eau pour en retirer la cendre et buvant jusqu'à ce qu'ils ne puissent plus en emmagasiner davantage. Le petit s'était allongé dans l'herbe.

Il faut partir.

Je suis très fatigué.

Je sais.

Il l'observait. Ils n'avaient pas mangé depuis deux jours. Encore deux jours et ils commenceraient à s'affaiblir. Il grimpa entre les joncs en haut du remblai pour jeter un coup d'œil sur la route. Sombre et noire et sans aucune empreinte en terrain découvert. Les vents avaient balayé la cendre et la poussière de la surface. Des terres fertiles autrefois. Aucun signe de vie nulle part. Ce n'était pas une région qu'il connaissait. Le nom des villes ou des rivières. Viens, dit-il. Il faut partir.

Ils dormaient de plus en plus. Ils se réveillèrent plus d'une fois étendus au milieu de la route comme des accidentés de la circulation. Le sommeil de la mort.

Il se redressa, cherchant à tâtons le revolver. Dans le soir couleur de plomb il était debout les coudes sur la barre du caddie et les yeux fixés sur une maison de l'autre côté des champs peut-être quinze cents mètres plus loin. C'était le petit qui l'avait vue. Apparaissant et disparaissant derrière le rideau de suie comme une maison dans un rêve incertain. Il s'appuyait sur le caddie et regardait le petit. Ça leur coûterait pas mal d'efforts pour arriver jusque-là. Il faudrait emporter les couvertures. Cacher le caddie quelque part au bord de la route. Ils pourraient y arriver avant la nuit mais ils ne pourraient pas revenir.

Il faut qu'on aille voir. On n'a pas le choix.

Je ne veux pas.

On n'a rien mangé depuis plusieurs jours.

J'ai pas faim.

Non. Tu es en train de mourir de faim.

Je ne veux pas y aller Papa.

Il n'y a personne là-bas. Je te le promets.

Comment tu le sais ?

Je le sais. C'est tout.

Ils y sont peut-être.

Non. Ils n'y sont pas.

Ça va aller.

Enveloppés dans leurs couvertures ils repartirent à travers champs en n'emportant que le revolver et une bouteille d'eau. La terre avait été retournée une dernière fois et il y avait du chaume qui dépassait et la vague trace du disque était encore visible d'est en ouest. Il avait plu récemment et la terre était molle sous les pieds et il regardait par terre et au bout d'un moment il s'arrêta et ramassa une pointe de flèche. Il cracha dessus et la frotta contre son pantalon pour enlever la saleté et la donna au petit. C'était du quartz blanc, aussi parfait qu'au jour de sa création. Il y en a d'autres, dit-il. Regarde par terre, tu vas voir. Il en trouva deux autres. Du silex gris. Puis il trouva une pièce de monnaie. Ou un bouton. Une épaisse couche de vert-de-gris. Il gratta avec l'ongle du pouce. C'était une pièce de monnaie. Il sortit son couteau et la nettoya soigneusement. L'inscription était en espagnol. Il allait appeler le petit qui marchait devant puis il regarda autour de lui la campagne grise et le ciel gris et il lâcha la pièce et pressa le pas pour le rejoindre.

Ils étaient devant la maison et la regardaient. Il y avait une allée de gravier qui s'incurvait en direction du sud. Une loggia en brique. Une double volée d'escaliers qui menaient à un portique à colonnes. Derrière la maison une dépendance en brique qui avait peut-être abrité autrefois une cuisine. Plus loin un chalet en rondins. Il commençait à monter l'escalier mais le petit le tirait par la manche.

On ne peut pas attendre un peu ?

D'accord. Mais il va faire nuit.

Je sais.

D'accord.

Ils étaient assis sur les marches et regardaient la campagne autour.

Il n'y a personne ici, dit l'homme.

D'accord.

Tu as encore peur ?

Oui.

Ça va aller.

D'accord.

En haut de l'escalier il y avait une large véranda au sol carrelé de briques. La porte était peinte en noir et elle était ouverte, calée contre un parpaing. Derrière s'entassaient des feuilles et des herbes desséchées poussées là par le vent. Le petit s'agrippait à sa main. Comment ça se fait que la porte est ouverte, Papa ?

C'est comme ça. Ça fait sans doute des années qu'elle est ouverte. Les gens l'avaient peut-être laissée ouverte pour sortir leurs affaires.

On ferait peut-être mieux d'attendre jusqu'à demain.

Viens. On va vite jeter un coup d'œil. Avant qu'il fasse trop sombre. Si l'endroit est sûr on fera du feu.

Mais on ne va pas rester dans la maison, hein ?

On n'est pas forcés de rester dans la maison.

D'accord.

Buvons un peu d'eau.

D'accord.

Il sortit la bouteille de la poche de sa parka et dévissa le bouchon et regarda le petit pendant qu'il buvait. Puis il but à son tour et remit le bouchon et prit la main du petit et ils entrèrent dans le vestibule envahi par l'obscurité. Le haut plafond. Un lustre importé. Sur le palier il y avait une haute fenêtre palladienne et sa forme la plus indécise projetée verticalement sur le mur de la cage d'escalier dans la dernière lueur du jour.

On n'a pas besoin de monter, hein ? chuchota le petit.

Non. Peut-être demain.
Si l'endroit est sûr.
Oui.
D'accord.

Ils entrèrent dans le salon. La forme d'un tapis sous le
dépôt de cendre. Des meubles recouverts de housses. De
pâles rectangles sur les murs là où étaient jadis accrochés
des tableaux. Dans la pièce de l'autre côté du vestibule
il y avait un piano à queue. Et là leurs propres formes
découpées sur le verre mince et aqueux de la fenêtre.
Ils entrèrent et restèrent un moment, l'oreille tendue.
Ils erraient d'une pièce à l'autre comme des clients
sceptiques dans une maison à vendre. Ils regardaient par
les hautes fenêtres les terres gagnées par la nuit.

Dans la cuisine il y avait de l'argenterie et des casseroles
et de la porcelaine anglaise. Un office dont la porte se
referma doucement derrière eux. Un carrelage et des
étagères et sur les rayons plusieurs douzaines de bocaux
d'un litre. Il traversa la pièce et en prit un et souffla dessus
pour enlever la poussière. Des haricots verts. Des tranches
de poivrons rouges parmi les rangées soigneusement
réparties. Des tomates. Du maïs. Des pommes de terre
nouvelles. De l'okra. Le petit l'observait. L'homme
essuyait la poussière sur les couvercles des bocaux et
appuyait dessus avec le pouce. La nuit tombait vite. Il
alla à la fenêtre avec deux bocaux et les leva à la hauteur
des yeux et les fit tourner dans sa main. Il regardait le
petit. C'est peut-être toxique, dit-il. Il faudra veiller à
bien faire cuire tout ça. Ça te va ?
    J'en sais rien.

Qu'est-ce que tu veux faire ?

C'est à toi de le dire.

C'est à nous deux de le dire.

Tu crois que c'est bon ?

Je crois que ça pourra aller à condition de les faire bien cuire.

D'accord. Pourquoi tu crois que personne en a mangé avant ?

Je crois que personne ne les a trouvés. On ne voit pas la maison depuis la route.

On l'a vue nous.

C'est toi qui l'as vue.

Le petit examinait les bocaux.

Qu'est-ce que tu en penses ? dit l'homme.

Je crois qu'on n'a pas le choix.

Je crois que tu as raison. Allons chercher du bois tant qu'on y voit encore quelque chose.

Ils apportèrent des brassées de branches mortes dans la salle à manger en passant par l'escalier de service et la cuisine et les cassèrent à la bonne longueur et en remplirent la cheminée. Quand il alluma le feu la fumée s'éleva en volutes au-dessus du linteau de bois peint et les volutes montèrent jusqu'au plafond puis redescendirent. Il agita un magazine pour attiser les flammes et bientôt le carneau commença à tirer et le feu emplit la pièce de son bourdonnement, illuminant les murs et le plafond et le lustre de verre aux myriades de facettes. Les flammes éclairaient la vitre de plus en plus sombre de la fenêtre où tel un troll surgi de la nuit se dressait la silhouette encapuchonnée de l'enfant. Il était abasourdi par la chaleur. L'homme retira les housses de la longue table Empire au centre de la pièce et les secoua et en fit un nid devant la cheminée. Il fit asseoir le petit et lui enleva ses chaussures et débarrassa ses pieds des sordides chiffons qui les enveloppaient. Tout va bien, chuchotait-il. Tout va bien.

Il trouva des bougies dans un tiroir de la cuisine et en alluma deux puis fit fondre la cire sur le plan de travail et les posa droites dans la cire. Il sortit et rapporta encore du bois et l'empila à côté de la cheminée. Le petit n'avait pas bougé. Il y avait des casseroles dans la cuisine et il en essuya une et la posa sur le plan de travail puis il essaya d'ouvrir un des bocaux mais en vain. Il alla à la porte d'entrée avec un bocal de haricots verts et un autre de pommes de terre et à la lueur d'une bougie posée droite dans un verre il s'agenouilla et mit le premier bocal en travers dans l'espace entre la porte et le chambranle et tira la porte dessus. Puis il s'accroupit dans le vestibule et le pied calé sur le bord extérieur de la porte la referma sur le couvercle en tordant le bocal qu'il tenait à deux mains. Le couvercle rainuré tournait dans le bois en égratignant la peinture. Il serra plus fort sur le verre et tira plus fort sur la porte et essaya encore une fois. Le couvercle glissa dans le bois, puis se bloqua. Il fit tourner lentement le bocal entre ses mains puis le retira du chambranle et retira le collier du couvercle et posa le bocal par terre. Puis il essaya d'ouvrir le deuxième bocal et se releva et rapporta les bocaux dans la cuisine en tenant de l'autre main le verre avec la bougie qui ballottait et crachotait. Il essaya d'enlever les couvercles des bocaux avec les pouces mais c'était trop dur. Il se dit que c'était bon signe. Il plaça le rebord du couvercle sur le plan de travail et donna un coup de poing sur le haut du bocal et le couvercle sauta et tomba et il leva le bocal et le renifla. Ça sentait délicieusement bon. Il versa les pommes de terre et les haricots dans une casserole et apporta la casserole dans la salle à manger et la mit sur le feu.

Ils mangeaient lentement dans des bols de porcelaine anglaise, assis de chaque côté de la table avec une unique bougie qui brûlait entre eux. Le revolver était posé sur la table à portée de main comme n'importe quel autre couvert. La maison craquait et grognait en se réchauffant. Comme une chose qu'on ferait sortir d'une longue hibernation. Le petit dodelinait de la tête au-dessus de son bol et sa cuillère tomba par terre avec un choc métallique. L'homme se leva et contourna la table et prit le petit dans ses bras et le porta jusqu'à la cheminée et le déposa dans les housses en étalant sur lui les couvertures. Il était sans doute retourné s'asseoir à la table parce qu'il se réveilla pendant la nuit affalé sur la table avec la tête sur ses bras croisés. Il faisait froid dans la salle à manger et dehors le vent soufflait. Les fenêtres grinçaient doucement dans leurs châssis. La bougie s'était consumée et dans la cheminée il ne restait que quelques braises. Il se leva et ranima le feu et vint s'asseoir à côté du petit et tira sur lui les couvertures et écarta de son visage ses cheveux crasseux. Je crois qu'ils sont sans doute à l'affût, dit-il. Ils sont à l'affût d'une chose que même la mort ne peut pas défaire et s'ils ne la voient pas ils se détourneront de nous et ils ne reviendront pas.

Le petit ne voulait pas qu'il monte à l'étage. Il essayait de le raisonner. Il pourrait y avoir des couvertures là-haut, dit-il. Il faut qu'on aille voir.

Je ne veux pas que tu ailles là-haut.

Il n'y a personne ici.

Il pourrait y avoir quelqu'un.

Il n'y a personne. Tu ne crois pas qu'ils seraient descendus à l'heure qu'il est ?

Peut-être qu'ils ont peur ?

Je leur dirai qu'on ne va pas leur faire de mal.

Peut-être qu'ils sont morts.

Alors ça leur sera bien égal qu'on prenne quelques affaires. Écoute, on ne sait pas ce qu'il y a là-haut, mais il vaut mieux savoir ce que c'est que de ne pas le savoir.

Pourquoi ?

Pourquoi ? Eh bien, parce qu'on n'aime pas les surprises. Ça fait peur les surprises. Et on n'aime pas avoir peur. Il pourrait y avoir là-haut des choses dont on a besoin. Il faut qu'on aille voir.

D'accord.

D'accord ? Pas plus que ça ?

Bon. Tu ne vas pas m'écouter.

Mais je t'ai écouté.

Pas vraiment.

Il n'y a personne ici. Il n'y a personne ici depuis des années. Il n'y a pas de traces dans la cendre. Rien n'est dérangé. Pas de meuble brûlé dans la cheminée. Et il y a des provisions.

Les traces ne restent pas dans la cendre. Tu l'as dit toi-même. Le vent les efface.

Allez. Je monte.

Ils passèrent quatre jours dans la maison à manger et dormir. Il avait trouvé d'autres couvertures en haut et ils traînaient à l'intérieur de grandes brassées de bois et entassaient le bois dans un coin de la salle à manger pour le faire sécher. Il avait trouvé une antique scie à archet en bois et en fil de fer comme celle dont il se servait autrefois pour scier les arbres morts à la longueur voulue. Les dents étaient rouillées et émoussées et il s'assit devant le feu avec une queue-de-rat et tenta de les affûter mais sans trop de succès. Il y avait un ruisseau à une centaine de mètres de la maison et ils traînaient interminablement des seaux d'eau dans les chaumes et la boue et ils faisaient chauffer l'eau et prenaient un bain dans une baignoire derrière la chambre du fond au premier étage. Il leur avait coupé les cheveux, les siens et ceux du petit, et s'était rasé la barbe. Ils avaient des habits et des couvertures et des oreillers qui provenaient des chambres du haut et ils s'étaient équipés de nouveaux accoutrements, le pantalon du petit coupé à la bonne longueur avec son couteau. Il avait aménagé une sorte de nid devant la cheminée en renversant une commode pour qu'elle leur serve de tête de lit et retienne la chaleur. Pendant tout ce temps il continuait de pleuvoir. Il avait posé des seaux au pied des descentes de gouttière aux coins de la maison pour recueillir l'eau fraîche qui tombait de la vieille toiture en cuivre à joints debout et il entendait la pluie battre le tambour dans les pièces du haut et s'écouler goutte à goutte à travers la maison.

Ils fouillaient les remises à la recherche de tout ce qui pourrait servir. Il trouva une brouette et la dégagea et la renversa et fit tourner lentement la roue pour examiner le pneu. Le caoutchouc était luisant et fissuré mais il pensait qu'il pourrait retenir l'air. En cherchant dans de vieilles caisses et un fouillis d'outils il trouva une pompe à bicyclette et vissa l'extrémité du raccord sur l'embout de la valve et commença à pomper. L'air fuyait autour de la jante mais il tourna la roue et dit au petit d'appuyer sur le pneu jusqu'à ce que ça ne fuie plus et il réussit à le gonfler. Il dévissa le raccord et remit la brouette à l'endroit et la fit rouler en avant puis à reculons sur le sol de la remise. Il sortit en la poussant dehors pour que la pluie la nettoie. Quand ils quittèrent la maison le surlendemain le temps s'était éclairci et ils partirent sur la route boueuse en poussant la brouette avec leurs couvertures neuves et les bocaux de conserves emballés dans leurs vêtements de rechange. Il avait trouvé une paire de chaussures de chantier et le petit était chaussé de baskets bleues dont le bout était bourré de chiffons et ils portaient des masques de protection découpés dans des draps frais. Quand ils atteignirent le macadam il leur fallut retourner en arrière sur la route pour chercher le caddie mais il était à moins d'un kilomètre. Le petit marchait à côté avec une main sur la brouette. On a fait du bon travail, hein Papa ? dit-il. Oui, du bon travail.

Ils mangeaient bien mais il restait du chemin jusqu'à la côte. Il savait qu'il plaçait son espoir là où il n'avait aucune raison de rien espérer. Il espérait qu'il ferait plus clair tout en sachant que le monde devenait de jour en jour plus sombre. Il avait trouvé autrefois dans un magasin d'appareils photo un photomètre dont il comptait se servir pour calculer des moyennes de ses observations sur plusieurs mois et il l'avait gardé longtemps en pensant qu'il pourrait trouver les piles qui allaient avec mais il n'en avait jamais trouvé. La nuit quand il se réveillait en toussant il se redressait en se mettant la main sur la tête pour se protéger du noir. Comme un homme qui se réveillerait dans une tombe. Comme ces morts dont il se souvenait depuis son enfance qu'on avait exhumés et transférés ailleurs pour faire place à une route. Beaucoup étaient morts pendant une épidémie de choléra et on les avait enterrés à la hâte dans des cercueils de bois et les cercueils étaient en train de pourrir et s'ouvraient. Les morts remontaient à la lumière couchés sur le côté les jambes repliées et certains étaient allongés sur le ventre. Les antiques pièces de cuivre d'un vert mat tombaient des poches de leurs orbites sur le fond pourri et souillé des cercueils.

Ils s'étaient arrêtés dans une épicerie dans une petite ville où une tête de biche empaillée était accrochée au mur. Le petit l'avait longuement regardée. Il y avait du verre brisé par terre et l'homme l'avait fait attendre à la porte pendant qu'il fouillait du pied les détritus avec ses chaussures de chantier mais il n'avait rien trouvé. Il y avait deux pompes à essence dehors et ils s'étaient assis sur le ciment et plongeaient une boîte en fer dans la citerne souterraine et la remontaient et versaient dans un jerricane en plastique l'essence qu'elle contenait puis la replongeaient. Ils avaient attaché un petit bout de tuyau à la boîte pour la faire descendre et ils étaient restés près d'une heure jusqu'à ce que le jerricane se remplisse, accroupis au-dessus de la citerne comme des singes en train de pêcher dans une fourmilière avec des bâtons. Puis ils avaient vissé le bouchon et posé le jerricane dans le panier en bas du caddie et ils étaient repartis.

De longues journées. En terrain découvert où la cendre soufflait sur la route. Le petit s'asseyait près du feu la nuit avec les morceaux de la carte sur ses genoux. Il connaissait par cœur le nom des villes et des rivières et il mesurait chaque jour leur progression.

Ils mangeaient plus chichement. Il ne leur restait presque rien. Le petit était debout sur la route avec la carte dans la main. Ils écoutaient mais n'entendaient rien. Pourtant il voyait les terres nues qui s'étendaient en direction de l'est et l'air était différent. Ce fut au sortir d'un tournant de la route qu'ils l'aperçurent et ils s'arrêtèrent et restèrent immobiles avec le vent qui leur soufflait dans les cheveux maintenant qu'ils avaient baissé les capuchons de leurs vestes pour écouter. Là-bas c'était la plage grise avec les lents rouleaux des vagues mornes couleur de plomb et leur lointaine rumeur. Telle la désolation d'une mer extraterrestre se brisant sur les grèves d'un monde inconnu. Là-bas dans la zone des estrans un pétrolier à moitié couché sur le côté. Au-delà l'océan vaste et froid et si lourd dans ses mouvements comme une cuve de mâchefer lentement ballottée et plus loin le front froid de cendre grise. Il regardait le petit. Il voyait la déception sur son visage. Je te demande pardon elle n'est pas bleue, dit-il. Tant pis, dit le petit.

Une heure plus tard ils étaient assis sur la plage et contemplaient le mur de brouillard qui barrait l'horizon. Les talons plantés dans le sable ils regardaient la mer couleur d'encre qui venait mourir à leurs pieds. Froide, désolée. Sans oiseaux. Il avait laissé le caddie dans les fougères de l'autre côté des dunes et ils avaient emporté avec eux les couvertures et enveloppés dedans ils s'abritaient du vent contre un énorme tronc de bois flotté. Ils restèrent assis là un long moment. Un peu plus bas au bord de la crique des tas de menus ossements mêlés au varech. Plus loin les cages thoraciques blanches de sel de ce qui avait peut-être été du bétail. Du givre gris de sel sur les rochers. Le vent soufflait et des cosses desséchées de graines balayaient les sables et s'arrêtaient puis repartaient.

Tu crois qu'il pourrait y avoir des bateaux là-bas ?
Sans doute que non.
Ils ne pourraient pas voir très loin.
Non. Certainement pas.
Qu'est-ce qu'il y a de l'autre côté ?
Rien.
Il doit y avoir quelque chose.
Il y a peut-être un père et son petit garçon et ils sont assis sur la plage.
Ça serait bien.
Oui. Ça serait bien.
Et peut-être qu'eux aussi ils porteraient le feu ?
Oui. Peut-être.
Mais on n'en sait rien.
Non. Rien.
Alors il faut qu'on soit vigilants.
Il faut qu'on soit vigilants. Oui.
Combien de temps on peut rester ici ?
J'en sais rien. On n'a pas grand-chose à manger.
Je sais.
Ça te plaît ici.
Ouais.
Moi aussi, ça me plaît.
Je peux prendre un bain ?
Prendre un bain ?
Oui.

Tu vas te geler ton cucul.

Je sais.

Ça va être très froid. Pire que ce que tu crois.

Tant pis.

Je ne veux pas avoir à aller te chercher.

Tu ne crois pas que je devrais y aller.

Tu peux y aller.

Mais tu ne crois pas que je devrais.

Non. Je crois que tu devrais.

Sûr ?

Oui. Sûr.

D'accord.

Il se leva et laissa la couverture tomber dans le sable puis il se débarrassa de sa veste et de ses chaussures et de ses vêtements. Il était debout, tout nu, se serrant dans ses propres bras, dansant sur place. Puis il descendit la plage en courant. Si blanc. Les vertèbres noueuses. Les lames de rasoir des omoplates sous la peau blême. Courant nu et se précipitant bondissant et hurlant dans le lent ressac de la houle.

Quand il ressortit il était bleu de froid et claquait des dents. L'homme descendit à sa rencontre et l'enveloppa grelottant dans la couverture et le serra contre lui jusqu'à ce qu'il ait repris son souffle. Mais quand il le regarda le petit pleurait. Qu'est-ce qu'il y a, dit-il. Rien. Non, dis-moi. Rien. C'est rien.

À la nuit tombée ils firent un feu contre le tronc d'arbre et mangèrent des assiettes d'okra et de haricots et le dernier reste des pommes de terre en bocal. Les fruits étaient depuis longtemps terminés. Ils burent du thé et s'assirent devant le feu et dormirent sur le sable en écoutant le roulement de la houle dans la baie. Son long frémissement et le fracas de sa chute. Il se leva dans la nuit et alla un peu plus loin et resta debout sur la plage enveloppé dans ses couvertures. Trop noir pour voir. Un goût de sel sur ses lèvres. L'attente. L'attente. Puis la lente déflagration plus bas sur le rivage. Le bouillant sifflement de la houle avançant sur la plage puis se retirant. Il pensait qu'il pourrait encore y avoir des navires mortuaires quelque part au large, à la dérive avec leurs lambeaux de voiles qui pendaient comme des langues. Ou de la vie dans les profondeurs. De grandes pieuvres se mouvant sur le fond marin dans la froide obscurité. Faisant la navette comme des trains, leurs yeux de la taille de soucoupes. Et peut-être qu'au-delà de ces vagues en deuil il y avait un autre homme qui marchait avec un autre enfant sur les sables gris et morts. Peut-être endormis séparés d'eux par à peine une mer sur une autre plage parmi les cendres amères du monde ou peut-être debout dans leurs guenilles oubliés du même indifférent soleil.

Il se souvenait de s'être autrefois réveillé par une nuit semblable au bruit que faisaient les crabes dans une poêle où il avait laissé les os des steaks du dîner de la veille. La vague lueur sombre des braises du feu de bois flotté pulsait au vent du large. Allongé sous une même myriade d'étoiles. Le noir horizon de la mer. Il s'était levé et il était parti plus loin et il était resté debout nu-pieds sur le sable à regarder la houle pâle apparaître tout au long du rivage et rouler et s'écraser puis de nouveau noircir. Quand il était revenu près du feu il s'était agenouillé à côté d'elle et lui avait caressé les cheveux pendant qu'elle dormait et il avait dit que s'il avait été Dieu c'était exactement ainsi qu'il aurait fait le monde et pas autrement.

Quand il revint le petit était réveillé et il avait peur. Il avait appelé mais pas assez fort pour qu'il l'entende. L'homme l'entoura de ses bras. Je ne pouvais pas t'entendre, dit-il. Je ne pouvais pas t'entendre à cause de la houle. Il mit du bois sur le feu et éventa les braises pour les ranimer. Ils étaient allongés dans leurs couvertures et regardaient les flammes se tordre sous le vent et au bout d'un moment ils s'endormirent.

Au matin il ralluma le feu et ils mangèrent et regardèrent le rivage. Son apparence froide et pluvieuse pas tellement différente des paysages marins du monde boréal. Pas de mouettes, pas d'oiseaux des grèves. Des objets carbonisés et absurdes éparpillés le long du rivage ou ballottés dans le ressac. Ils ramassèrent du bois flotté et le mirent en pile et le recouvrirent de la bâche et partirent le long de la plage.

Nous voilà batteurs de grèves, dit-il.

Qu'est-ce que c'est que ça ?

Ce sont des gens qui marchent le long des plages en cherchant n'importe quoi de valeur que la mer y aurait déposé.

Quelle sorte de choses ?

Toutes sortes de choses. Tout ce qui pourrait servir.

Tu crois qu'on va trouver quelque chose ?

J'en sais rien. On va garder l'œil ouvert.

Garder l'œil ouvert, dit le petit.

Ils étaient debout sur la pointe rocheuse et regardaient au loin vers le sud. Une bave de sel gris traînait et tournoyait dans la mare entre les rochers. Plus loin la longue courbe de la plage. Grise comme du sable volcanique. Le vent qui venait de la mer avait une vague odeur d'iode. C'était tout. Il n'avait aucune odeur marine. Sur les rochers les restes d'on ne sait quelle mousse de mer de couleur sombre. Ils traversèrent et continuèrent. Au bout de la grève une barre rocheuse leur bloquait le chemin et ils quittèrent la plage et suivirent un ancien sentier à travers les dunes et les tiges mortes d'avoine de mer jusqu'à ce qu'ils arrivent à un promontoire de faible hauteur. En bas une anse en fer à cheval dans les noires rafales d'embruns et plus loin à moitié renversée et au ras de l'eau la forme d'une coque de voilier. Ils étaient accroupis dans les touffes d'herbe sèche et regardaient. Qu'est-ce qu'on devrait faire ? dit le petit.

Attendons un moment.

J'ai froid.

Je sais. Descendons un peu. Pour être à l'abri du vent.

Il s'assit en tenant le petit devant lui. L'herbe morte frémissait, doucement fouettée par le vent. Au loin une grise désolation. L'interminable reptation de la mer. Combien de temps on va rester ici ? dit le petit.

Pas longtemps.

Tu crois qu'il y a des gens sur le bateau, Papa ?

Je ne crois pas.

Ils ne pourraient pas tenir debout.

Non. Sûr que non. Tu vois des traces de ce côté-là ?

Non.

Attendons encore un peu.

J'ai froid.

197

Ils firent quelques pas le long du croissant de lune de la plage, restant sur le sable mouillé au-dessous de la ligne de varech des marées. Ils s'arrêtèrent, leurs habits claquant doucement dans le vent. Des flotteurs de verre recouverts d'une croûte grise. Les os d'oiseaux de mer. Sur la ligne de laisse un matelas d'herbes marines enchevêtrées et le long du rivage aussi loin que portait le regard les squelettes de poissons par millions comme une isocline de mort. Un seul vaste sépulcre de sel. Insensé. Insensé.

De l'extrémité de la pointe jusqu'au navire il y avait peut-être trois cents mètres de pleine eau. Ils étaient debout, les yeux fixés sur le bateau. Une vingtaine de mètres de long, entièrement dépecé jusqu'au niveau du pont, couché dans trois ou quatre mètres d'eau. C'était sans doute jadis un ketch d'un modèle ou d'un autre mais les mâts avaient été brisés pratiquement au ras du pont et la seule chose qui restait au-dessus c'étaient des taquets de cuivre et quelques montants du bastingage. Cela et le cerceau d'acier de la barre qui saillait à l'arrière du cockpit. Il se retourna et regarda vers la plage et les dunes au-delà. Puis il tendit le revolver au petit et s'assit dans le sable et commença à défaire les lacets de ses chaussures.

Qu'est-ce que tu vas faire, Papa ?

Je vais jeter un coup d'œil.

Je peux venir avec toi ?

Non. Je veux que tu restes ici.

Je veux venir avec toi.

Il faut que tu montes la garde. En plus c'est trop profond.

Est-ce que je pourrai te voir ?

Oui. Et je garderai un œil sur toi. Pour m'assurer que tout va bien.

Je veux venir avec toi.

Il s'arrêta. Tu ne peux pas, dit-il. Nos vêtements s'envoleraient. Il faut que quelqu'un veille sur nos affaires.

Il plia ses vêtements et les mit en tas. Dieu qu'il faisait froid. Il se baissa et embrassa le petit sur le front. Arrête de te faire du souci, dit-il. Et monte bien la garde. Il entra tout nu dans l'eau et s'aspergea jusqu'à ce qu'il soit tout mouillé. Puis il s'avança en éclaboussant et plongea la tête la première.

Il avait nagé tout au long de la coque d'acier puis en sens inverse, faisant du surplace, suffoquant à cause du froid. Au milieu de la coque, le liston était juste à ras de l'eau. Il fit un effort pour nager jusqu'au tableau. L'acier était gris et corrodé par le sel mais il réussit à déchiffrer l'inscription en lettres dorées à demi effacée. Pájaro de Esperanza. Tenerife. Les deux bossoirs vides des canots de sauvetage. Il s'accrocha au liston et se hissa à bord et se retourna et s'accroupit en frissonnant sur le plan incliné du pont de bois. Quelques longueurs de câble tressé qui s'était rompu au niveau des ridoirs. Dans le bois des trous aux bords déchiquetés là où les apparaux avaient été arrachés. Il avait fallu une force terrible pour tout balayer du pont. Il fit signe au petit mais le petit ne lui rendit pas son salut.

La cabine était basse avec un plafond voûté et des hublots tout le long sur le côté. Il s'accroupit et frotta pour enlever le sel gris et regarda à l'intérieur mais il ne voyait rien. Il essaya la porte basse en teck mais elle était verrouillée. Il tenta de l'ouvrir d'une poussée de son épaule osseuse. Il regarda tout autour pour voir s'il y avait quelque chose qui pourrait servir de levier. Il était secoué d'irrépressibles frissons et claquait des dents. Il se dit qu'il allait enfoncer la porte avec la plante du pied mais il comprit que ce n'était pas une bonne idée. Soutenant son coude d'une main il se mit à cogner contre la porte. Il la sentait qui cédait. Juste un peu. Il insistait. Le chambranle se fendait du côté intérieur et finit par lâcher et il poussa la porte et descendit l'escalier et entra dans la cabine.

Contre la cloison la plus basse une mare stagnante d'eau de cale jonchée de papiers et de détritus mouillés. Sur toute chose une âcre puanteur. D'humidité et de renfermé. Il pensait que le bateau avait été pillé mais c'était l'ouvrage de la mer. Il y avait une table en acajou au milieu du salon avec des fiches antiroulis à charnières. Les portes des placards étaient ouvertes et pendaient dans la pièce et tous les cuivres avaient une teinte vert foncé. Il continua vers les cabines de l'avant. En passant par la cuisine. De la farine et du café par terre et des boîtes de conserve cabossées en train de rouiller. Un W-C avec un lavabo en acier inoxydable. La faible lueur de la mer filtrait par la claire-voie des hublots. Des accessoires éparpillés partout. Un gilet de sauvetage flottant dans l'eau.

Il s'attendait plus ou moins à des horreurs mais il n'y en avait pas. Dans les cabines les matelas avaient été projetés par terre et de la literie et des vêtements étaient empilés contre la cloison. Tout était trempé. Il y avait une porte ouverte donnant sur le placard aménagé dans la proue mais il faisait trop sombre pour voir à l'intérieur. Il baissa la tête et entra et commença à chercher à tâtons. De profondes trémies munies de couvercles en bois à charnières. Des équipements de marin entassés par terre. Il commença à tout sortir et à tout empiler sur le lit en pente. Des couvertures, des vêtements de gros temps. Il découvrit un pull-over humide et le passa par-dessus sa tête. Il trouva une paire de bottes jaunes en caoutchouc et trouva un blouson en nylon et l'enfila, tirant la fermeture éclair et plongea les jambes dans la salopette jaune presque rigide et remonta les bretelles sur ses épaules avec les pouces et chaussa les bottes. Puis il retourna sur le pont. Le petit était assis comme il l'avait laissé, les yeux braqués sur le bateau. Il se releva, saisi d'inquiétude, et l'homme comprit qu'il devait avoir une étrange allure dans son nouvel accoutrement. C'est moi, criait-il, mais le petit ne bougeait pas. Il lui fit signe et redescendit.

Dans le deuxième salon il y avait des tiroirs encore en place sous la couchette et il les tira et les enleva. Des manuels et des papiers en espagnol. Des barres de savon. Une valise en cuir noir couverte de moisissure avec des papiers à l'intérieur. Il mit le savon dans la poche de sa veste et se releva. Il y avait des livres en espagnol éparpillés sur la couchette, boursouflés et informes. Un unique volume coincé dans l'étagère contre la cloison avant.

Il trouva un sac de matelot en toile caoutchoutée et il inspecta le reste du bateau chaussé de ses bottes en s'écartant des cloisons d'une poussée pour résister à la gîte, les jambes de pantalon crissant dans le froid. Il remplissait le sac de toutes sortes de vêtements disparates. Une paire de baskets de femme dont il pensait qu'elles pourraient aller au petit. Un couteau pliant avec un manche en bois. Des lunettes de soleil. Il y avait quand même quelque chose de pervers dans cette façon de chercher. Comme si l'on commençait par épuiser les endroits les plus improbables pour retrouver quelque chose qu'on aurait perdu. Finalement il alla dans la cuisine. Il tourna le bouton du réchaud sur ouvert puis sur fermé.

Il déverrouilla et souleva la trappe du compartiment moteur. À moitié inondé et noir comme dans un four. Aucune odeur d'essence ou d'huile. Il la referma. Dans les coffres incorporés aux banquettes du cockpit étaient rangés des coussins, de la toile de voile, des engins de pêche. Dans un coffre derrière le socle de la barre il trouva des rouleaux de corde en nylon et des bouteilles de gaz en acier et une boîte à outils en fibre de verre. Il s'assit sur le plancher du cockpit pour trier les outils. Rouillés mais utilisables. Des pinces, des tournevis, des clés plates. Il referma la boîte à outils et se releva et chercha des yeux le petit. Il était pelotonné dans le sable et dormait, la tête sur la pile de vêtements.

Il emporta la boîte à outils et une des bouteilles de gaz dans la cuisine et alla à l'avant et fit une dernière visite des cabines. Puis il entreprit d'inspecter les coffres du salon, examinant les classeurs et les papiers dans les boîtes en plastique pour essayer de trouver le journal de bord. Il trouva un service en porcelaine jamais utilisé rangé dans une caisse en bois remplie de copeaux d'emballage. La plupart des pièces étaient cassées. Un service pour huit, portant le nom du navire. Un cadeau, pensait-il. Il sortit une tasse à thé et la fit tourner dans la paume de sa main et la remit en place. La dernière chose qu'il trouva ce fut un coffret carré en chêne aux coins assemblés à queue d'aronde et avec une plaque de cuivre encastrée dans le couvercle. Il pensait que ce pourrait être une boîte à cigares mais ce n'était pas la même forme et quand il le souleva et qu'il en sentit le poids il sut aussitôt ce que c'était. Il pressa les fermoirs rongés par la corrosion et l'ouvrit. Il y avait à l'intérieur un sextant en cuivre, vieux peut-être d'une centaine d'années. Il le retira du coffret capitonné et le garda dans sa main. Impressionné par sa beauté. Le cuivre était terni et il y avait dessus des taches de vert qui épousaient la forme d'une autre main qui l'avait jadis tenu mais à part cela c'était la perfection. Il gratta le vert-de-gris sur la plaque à la base du sextant. Hezzaninth, Londres. Il le leva à la hauteur de ses yeux et tourna la vis de réglage. C'était la première chose qui l'émouvait depuis longtemps. Il le garda dans sa main et le posa dans la doublure de serge bleue et rabattit le couvercle et remit le coffret en place et referma la porte.

Quand il remonta sur le pont pour jeter un coup d'œil sur le petit, le petit n'y était pas. Un moment de panique avant de le voir qui marchait tête basse le long du banc de sable au bord du rivage avec le revolver qui pendait dans sa main. Debout sur le pont il sentait la coque du navire se soulever et glisser. Juste un peu. La marée montante. Cognant contre les galets de la pointe là-bas. Il fit demi-tour et redescendit dans la cabine.

Il avait remonté les deux rouleaux de corde qu'il avait trouvés dans le coffre et il en mesura le diamètre à la largeur de sa main puis ayant multiplié le résultat par trois il compta le nombre de spires. Des cordes d'une quinzaine de mètres. Il les suspendit à un taquet sur le pont de teck gris et redescendit dans la cabine. Il rassembla tout ce qu'il avait trouvé et le mit en pile contre la table. Il y avait des jerricanes d'eau en plastique dans le placard à côté de la cuisine mais ils étaient tous vides sauf un. Il prit un des jerricanes vides et constata que le plastique avait éclaté et que l'eau avait fui et il pensa qu'ils avaient gelé quelque part pendant les absurdes traversées du navire. Plusieurs fois sans doute. Il prit le jerricane à moitié plein et le posa sur la table et dévissa le bouchon et renifla l'eau puis souleva le jerricane à deux mains et but. Puis il but encore.

Les boîtes de conserve sur le plancher de la cuisine ne semblaient pas du tout récupérables et même dans le placard il y en avait qui étaient terriblement rouillées et quelques-unes avaient dangereusement gonflé. Toutes avaient été dépouillées de leurs étiquettes et le contenu était inscrit sur le métal au marqueur noir en espagnol. Il ne comprenait pas tout. Il entreprit de les trier, les secouant, les pressant dans sa main. Il les empila sur le plan de travail au-dessus du petit réfrigérateur de la cuisine. Il pensait qu'il devait y avoir des caisses de produits alimentaires entreposées quelque part dans la cale mais il ne croyait pas qu'il pût y avoir là-dedans rien de mangeable. En tout cas il y avait une limite à ce qu'ils pouvaient emporter dans le caddie. L'idée lui vint qu'il était dangereusement près de considérer cette manne comme une chose absolument naturelle, mais il se dit ce qu'il s'était déjà dit avant. Qu'un coup de chance pouvait n'être rien de tel. Rares étaient les nuits où allongé dans le noir il n'avait pas envié les morts.

Il trouva un bidon d'huile d'olive et des boîtes de lait. Du thé dans une boîte à thé rouillée. Un récipient en plastique contenant une variété de farine qu'il ne reconnaissait pas. Une boîte de café à moitié vide. Il inspectait méthodiquement les rayons du placard, séparant ce qu'il avait l'intention d'emporter de ce qu'il comptait laisser. Quand il eut tout emporté dans le salon et tout entassé au bas de l'escalier il retourna dans la cuisine et ouvrit la boîte à outils et entreprit de démonter un des brûleurs du petit réchaud à cardan. Il débrancha le flexible tressé et enleva les porte-casseroles en aluminium et en glissa un dans la poche de sa veste. Il dévissa les garnitures en laiton à l'aide d'une clé plate et dégagea les brûleurs. Puis il les déconnecta et brancha la conduite de carburant au raccord et l'autre extrémité de la conduite à la bouteille de gaz et emporta le tout dans le salon. Enfin il fit avec une bâche en plastique un ballot contenant plusieurs cannettes de jus et plusieurs boîtes de fruits et de légumes et le ficela avec un cordon puis il retira ses vêtements et les mit en pile avec toutes les affaires qu'il avait rassemblées et remonta tout nu sur le pont et se laissa glisser avec la bâche jusqu'au bastingage et plongea par-dessus bord et tomba dans la mer grise et glaciale.

Il accosta en pataugeant dans l'eau à la dernière lueur du jour et jeta la bâche par terre et se frotta les bras et la poitrine pour enlever l'eau et alla chercher ses vêtements. Le petit le suivait, lui posant sans cesse des questions au sujet de son épaule, bleue et décolorée à l'endroit où il avait cogné pour enfoncer la porte. C'est rien, dit l'homme. Ça ne fait pas mal. On a des tas de choses. Attends de voir.

Ils marchaient sur la plage, pressant le pas pour profiter de la lumière. Et si le bateau est emporté, dit le petit.

Il ne le sera pas.

Il pourrait l'être.

Non. Il ne le sera pas. Avance. Tu as faim ?

Oui.

On va bien manger ce soir. Mais il faut se dépêcher.

Je me dépêche, Papa.

Et il pourrait pleuvoir.

Comment tu le sais ?

Je le sens à l'odeur.

Qu'est-ce que ça sent ?

Les cendres mouillées. Avance.

Puis il s'arrêta. Où est le revolver ? dit-il.

Le petit se figea. Il avait l'air terrifié.

Bon Dieu, dit l'homme. Il regardait du côté de la plage derrière eux. Ils avaient déjà perdu de vue le bateau. Il regarda le petit. Le petit avait les mains sur la tête et il allait se mettre à pleurer. Pardon, dit-il. Je te demande pardon.

Il posa par terre la bâche avec les boîtes de conserve. Il faut qu'on retourne là-bas.

Je te demande pardon, Papa.

Ça ne fait rien. Il y sera encore.

Le petit était debout, les épaules tombantes. Il commençait à sangloter. L'homme s'agenouilla et l'entoura de ses bras. Ça ne fait rien, dit-il. C'est à moi de vérifier qu'on a le revolver et je ne l'ai pas fait. J'ai oublié.

Je te demande pardon, Papa.

Viens. Ça va aller. Tout va bien.

Le revolver était là où il l'avait laissé dans le sable. L'homme le ramassa et le secoua et s'assit et retira l'axe du barillet et le tendit au petit. Prends ça, dit-il.

Ça va aller, Papa ?

Bien sûr que ça va aller.

Il fit tomber le barillet dans sa main et souffla dessus pour enlever le sable et le tendit au petit et souffla dans le canon et souffla sur la carcasse pour enlever le sable puis il reprit les pièces des mains du petit et les remit toutes à leur place et arma le revolver et abaissa le chien et l'arma de nouveau. Il fit tourner le barillet jusqu'à ce que la bonne cartouche soit à l'alignement puis il abaissa le chien et mit le revolver dans sa parka et se releva. C'est bon, dit-il. Viens.

On ne va pas être rattrapés par la nuit ?

J'en sais rien.

On va l'être, hein ?

Viens. Dépêchons-nous.

Ils furent rattrapés par la nuit. Le temps d'arriver au sentier du promontoire il faisait trop sombre pour voir. Ils étaient debout, le petit s'agrippant à sa main, dans le souffle du vent de mer avec l'herbe qui sifflait tout autour. On n'a qu'à continuer d'avancer, dit l'homme. Viens.

Je ne vois rien.

Je sais. Il faut juste faire un pas à la fois.

D'accord.

N'abandonne pas.

D'accord.

Quoi qu'il arrive.

Quoi qu'il arrive.

Ils continuaient dans le noir absolu, sans plus de visibilité que des aveugles. Il tendait la main devant lui bien qu'il n'y eût rien sur cette lande de sel à quoi ils auraient pu se cogner. Le bruit du ressac semblait plus lointain mais il se repérait aussi au vent et au bout d'une heure ou presque d'une marche hésitante ils émergèrent de l'herbe et des avoines de mer et se retrouvèrent sur le sable sec en haut de la plage. Le vent était plus froid. Il avait fait passer le petit du côté le moins exposé au vent quand soudain la plage surgit convulsivement du noir devant eux pour disparaître aussitôt.

Qu'est-ce que c'était que ça, Papa ?

C'est rien. C'est un éclair. Viens.

Il hissa sur son épaule la bâche où ils transportaient leurs richesses et il prit la main du petit et ils repartirent, tapant du pied dans le sable comme des chevaux à la parade pour éviter de buter sur du bois flotté ou du varech. Encore une fois l'irréelle lumière grise explosa sur la plage. Au loin dans les ténèbres un vague roulement de tonnerre étouffé. Je crois que j'ai vu nos traces, dit-il.

Alors on va dans la bonne direction.

Oui. Dans la bonne direction.

J'ai très froid, Papa.
Je sais. Prie pour qu'il y ait un éclair.

Ils continuaient. Au prochain éclair qui jaillit sur la plage il vit que le petit se penchait en avant et se parlait tout bas. Il cherchait des yeux leurs traces qui devaient remonter la plage mais il ne les voyait pas. Le vent avait encore forci et il s'attendait à sentir les premières gouttes de pluie. S'ils se laissaient surprendre par une pluie d'orage sur la plage en pleine nuit ils seraient en mauvaise posture. Ils tournaient la tête pour écarter du vent leur visage et s'agrippaient aux capuchons de leurs parkas. Le sable cinglait les jambes et passait en rafales dans l'obscurité et juste au large au-dessus de la mer le tonnerre grondait. La pluie venait de la mer, drue et oblique, et les giflait et il serrait le petit contre lui.

Ils étaient debout sous l'averse. Jusqu'où étaient-ils arrivés ? Il attendait l'éclair mais l'orage s'éloignait et quand le prochain éclair jaillit puis le suivant il constata que l'orage avait effacé leurs traces. Ils peinaient en s'enfonçant dans le sable en haut de la plage, espérant voir la forme du tronc d'arbre au pied duquel ils avaient bivouaqué. Bientôt il n'y eut plus du tout d'éclairs. Puis le vent ayant brusquement tourné il entendit un vague et lointain crépitement. Il s'arrêta. Écoute, dit-il.
Qu'est-ce que c'est ?
Écoute.
J'entends rien.
Viens.
Qu'est-ce que c'est, Papa ?
C'est la bâche. C'est la pluie qui tombe sur la bâche.

Ils continuaient, trébuchant dans le sable et les détritus le long de la laisse de marée. Ils arrivèrent presque aussitôt à la bâche et il s'agenouilla et lâcha le balluchon et chercha à tâtons les cailloux qui retenaient le plastique et les poussa dessous. Il souleva la bâche et ils se glissèrent dessous puis il se servit des cailloux pour faire tenir les bords du côté intérieur. Il débarrassa le petit de sa veste trempée et tira sur eux les couvertures pendant que la pluie les mitraillait à travers le plastique. Il enleva à son tour sa veste et serra le petit contre lui et bientôt ils étaient endormis.

Dans la nuit la pluie s'était arrêtée et il s'était réveillé et il restait allongé, tendant l'oreille. Le lourd clapotis et les chocs sourds de la houle maintenant que le vent était tombé. À la première lueur morne il se leva et partit le long de la plage. L'orage avait jonché la grève de débris et il marchait le long de la laisse de marée à la recherche de tout ce qui pourrait servir. Dans les bas-fonds au-delà des brisants un ancien cadavre se soulevant et retombant parmi le bois flotté. Il aurait voulu le cacher pour que le petit ne le voie pas mais le petit avait raison. Qu'y avait-il à cacher ? Quand il revint le petit était réveillé et l'observait, assis dans le sable. Il était enveloppé dans les couvertures et il avait étalé leurs vestes mouillées sur les herbes mortes pour les faire sécher. Il le rejoignit et s'assit à côté de lui et ils restèrent ainsi tous deux à regarder la mer couleur de plomb se soulever puis retomber au-delà des brisants.

Ils passèrent la plus grande partie de la matinée à décharger le bateau. Il entretenait un feu et il revenait à terre en pataugeant tout nu et grelottant et lâchait la corde de halage et restait debout dans la chaleur du brasier pendant que le petit remorquait le sac de matelot à travers les molles ondulations des vagues et le traînait sur la plage. Ils vidaient le sac et étalaient les couvertures et les vêtements sur le sable tiède pour les faire sécher devant le feu. Il y avait sur le bateau plus de choses que ce qu'ils pouvaient emporter et il se disait qu'ils pourraient rester quelques jours sur la plage et manger à leur faim mais c'était dangereux. Ils dormirent cette nuit-là sur le sable avec le feu qui tenait le froid à distance et leurs provisions éparpillées tout autour. Il se réveilla en toussant et se leva et but un peu d'eau et remit du bois sur le feu, des tronçons entiers qui projetaient une grande cascade d'étincelles. Le bois imprégné de sel brûlait avec une lueur orange et bleu au cœur des flammes et il resta un long moment à le contempler. Plus tard il partit un peu plus haut sur la plage, son ombre s'étirant devant lui sur les sables, ballottée au gré des flammes secouées par le vent. Toussant. Toussant. Il se tenait les genoux, recroquevillé. Un goût de sang. Le lent ressac rampait et bouillonnait dans l'obscurité et il pensait à sa vie mais il n'y avait pas de vie à laquelle penser et au bout d'un moment il revint. Il sortit une boîte de pêches du sac et l'ouvrit et s'assit devant le feu et mangea lentement les pêches avec sa cuillère pendant que le petit dormait. Le vent attisait les flammes et les étincelles fusaient et se dispersaient sur le sable. Il posa la boîte vide entre ses pieds. Chaque jour est un mensonge, dit-il. Mais tu es en train de mourir. Ça ce n'est pas un mensonge.

Ils emportaient leurs nouvelles provisions sur la plage emballées dans des bâches ou des couvertures et chargeaient tout dans le caddie. Le petit essayait de porter plus qu'il ne pouvait et quand ils s'arrêtaient pour se reposer l'homme prenait une part de son fardeau. Le bateau avait légèrement dérivé pendant l'orage. Il s'arrêta pour le regarder. Le petit l'observait. Tu vas y retourner ? dit-il.

Je crois que oui. Pour faire une dernière inspection.

Ça me fait peur.

Ça va aller. Mais monte bien la garde.

On a déjà plus de choses que ce qu'on peut emporter.

Je sais. Je veux juste y jeter encore un coup d'œil.

D'accord.

Il fit encore une fois le tour du navire de la proue à la poupe. Arrête-toi. Réfléchis. Il s'assit par terre dans le salon ses pieds chaussés des bottes de caoutchouc calés contre le socle de la table. L'obscurité tombait déjà. Il essayait de se rappeler ce qu'il connaissait des bateaux. Il se leva et remonta sur le pont. Le petit était assis près du feu. Il descendit dans le cockpit et s'assit sur la banquette, adossé à la cloison, ses pieds sur le pont presque au niveau des yeux. Il n'avait rien sur lui que le pull-over et la salopette par-dessus mais rien de tout ça ne tenait bien chaud et il n'arrêtait pas de frissonner. Il allait se relever quand il se rendit compte qu'il était en train de regarder les fermetures sur la cloison du cockpit en face de lui. Il y en avait quatre. En acier inoxydable. Autrefois les banquettes avaient été recouvertes de coussins et on voyait encore les nœuds dans les coins où les rubans avaient craqué. En bas au milieu de la cloison juste au-dessus du siège il y avait une courroie en nylon qui dépassait, son extrémité repliée en boucle et piquée au point de croix. Il regarda encore une fois les fermetures. C'étaient des verrous quart de tour à ailettes. Il se leva et s'agenouilla contre la banquette et tourna les quatre verrous à fond vers la gauche. Ils étaient à ressort et quand ils s'ouvrirent il saisit la courroie en bas de la planche et la tira et la planche glissa et tomba. À l'intérieur sous le pont il y avait un espace où étaient rangés un rouleau de voiles et ce qui semblait être un canot en caoutchouc à deux places plié et enroulé dans des câbles élastiques. Une paire de petites rames en plastique. Une boîte de fusées d'alarme. Et derrière il y avait une mallette à outils universelle dont les bords du couvercle étaient entourés de chatterton noir. Il la sortit et trouva l'extrémité du ruban et le décolla sur tout le tour de la mallette et appuya sur les serrures chromées et ouvrit. Il y avait à l'intérieur une torche électrique jaune en plastique, une balise stroboscopique à piles, une trousse de premiers secours. Une balise de détresse EPIRB en plastique jaune. Et un coffret en plastique noir à peu près de la taille d'un livre. Il le prit et pressa les fermoirs et l'ouvrit. À l'intérieur se trouvait un vieux pistolet d'alarme en bronze de 37 millimètres. Il le souleva à deux mains pour le retirer du coffret et le tourna et le regarda. Il abaissa le levier et ouvrit la carcasse. La chambre était vide mais il y avait huit cartouches de fusée dans un étui en plastique, courtes et compactes et apparemment neuves. Il remit le pistolet dans le coffret et rabattit le couvercle.

Il accosta sur la plage en frissonnant et en toussant et s'enveloppa dans une couverture et s'assit dans le sable tiède devant le feu avec les boîtes à côté de lui. Le petit était accroupi et tentait de l'entourer de ses bras, ce qui fit au moins apparaître un sourire. Qu'est-ce que tu as trouvé, Papa? dit-il.

J'ai trouvé une trousse de premiers secours. Et j'ai trouvé un pistolet d'alarme.

C'est quoi?

Je vais te montrer. C'est pour envoyer des signaux.

C'est ça que tu étais allé chercher?

Oui.

Comment tu savais que c'était là?

Eh bien, j'espérais que ça y était. C'est plutôt un coup de chance.

Il ouvrit le coffret et le tourna vers le petit pour qu'il le voie.

C'est un pistolet.

Un pistolet d'alarme. Ça tire un truc en l'air et ça fait beaucoup de lumière.

Je peux le voir?

Bien sûr.

Le petit retira le pistolet du coffret et le garda dans sa main. On peut tirer sur quelqu'un avec ça? dit-il.

Bien sûr.

Ça le tuerait?

Non. Mais ça pourrait y mettre le feu.

C'est pour ça que tu l'as pris?

Oui.

Parce qu'il n'y a personne à qui envoyer des signaux. C'est ça?

Oui.

Je voudrais voir comment ça marche.

Tu veux dire que tu voudrais tirer avec?

Oui.

On peut.

Pour de vrai ?

Sûr.

Dans le noir ?

Oui. Dans le noir.

Ça serait comme une fête.

Comme une fête. Oui.

On peut tirer avec ce soir ?

Pourquoi pas ?

Il est chargé ?

Non. Mais on peut le charger.

Le petit gardait le pistolet dans sa main. Il le pointait vers la mer. Ouah, fit-il.

Il se rhabilla et ils repartirent sur la plage en emportant les derniers restes de leur butin. Où tu crois que ces gens sont partis, Papa ?

Les gens du bateau ?

Oui.

J'en sais rien.

Tu crois qu'ils sont morts ?

J'en sais rien.

Mais les chances ne sont pas de leur côté.

L'homme sourit. Les chances ne sont pas de leur côté ?

Non. Tu crois qu'elles le sont ?

Non. Sans doute que non.

À mon avis ils sont morts.

Ça se peut.

À mon avis c'est ce qui leur est arrivé.

Ils pourraient être en vie quelque part, dit l'homme. C'est possible. Le petit ne répondait pas. Ils continuaient. Ils avaient enveloppé leurs pieds de toile de voile et avaient chaussé des babouches bleues en plastique découpées dans une bâche et ils laissaient d'étranges empreintes à chaque allée et venue. Il pensait au petit et à ses inquiétudes et au bout d'un moment il dit : Tu as sans doute raison. Je crois qu'ils sont probablement morts.

Parce que s'ils étaient vivants on serait en train de prendre leurs affaires.

Et on n'est pas en train de prendre leurs affaires.

Je sais.

D'accord.

Alors combien tu crois qu'il y a de gens en vie ?

Dans le monde ?

Dans le monde. Oui.

J'en sais rien. Arrêtons-nous pour nous reposer.

D'accord.

Tu m'épuises.

D'accord.

Ils s'assirent parmi leurs balluchons.

Combien de temps on peut rester ici, Papa ?

Tu me l'as déjà demandé.

Je sais.

On va voir.

Ça veut dire pas très longtemps.

Probablement.

Le petit creusait des trous dans le sable avec ses doigts jusqu'à ce qu'ils forment un cercle. L'homme l'observait. Je ne sais pas combien de gens il y a, dit-il. Je ne crois pas qu'il y en ait tant que ça.

Je sais. Il avait tiré sa couverture sur ses épaules et regardait au loin la plage grise et déserte.

Qu'est-ce qu'il y a ? dit l'homme.

Rien.

Non. Dis-moi.

Il pourrait y avoir des gens en vie quelque part ailleurs.

Où ça ailleurs ?

J'en sais rien. N'importe où.

Tu veux dire ailleurs que sur la terre ?

Oui.

Je ne crois pas. Il n'y a pas d'autre endroit où des gens pourraient être en vie.

Même s'ils pouvaient arriver jusque-là ?

Non.

Le petit détourna son regard.

Quoi ? dit l'homme.

Il hochait la tête. Je me demande ce qu'on est en train de faire, dit-il.

L'homme s'apprêtait à répondre mais il se tut. Au bout d'un moment il dit : Il y a des gens. Il y a des gens et on va les trouver. Tu vas voir.

Il préparait le dîner pendant que le petit jouait dans le sable. Il avait une spatule bricolée dans une boîte de conserve aplatie et avec ça il construisait un petit village. Il avait tracé un quadrillage de rues. L'homme s'approcha et s'assit sur les talons. Le petit leva les yeux. L'océan va l'emporter, hein ? dit-il.

Oui.

Tant pis.

Tu peux écrire l'alphabet.

Oui.

On ne te fait plus faire tes devoirs.

Je sais.

Tu peux écrire quelque chose dans le sable ?

On pourrait peut-être écrire une lettre aux gentils. Comme ça s'ils passent par ici ils sauront qu'on y a été. On pourrait écrire là-bas un peu plus haut sur la plage pour que ça ne soit pas effacé par la mer.

Et si les méchants la voient ?

Ouais.

Je n'aurais pas dû dire ça. On pourrait leur écrire une lettre.

Le petit hochait la tête. Tant pis, dit-il.

Il avait chargé le pistolet d'alarme et dès qu'il fit sombre ils partirent le long de la plage en s'éloignant du feu et il demanda au petit s'il voulait tirer avec.

Vas-y, Papa. Tu sais comment t'y prendre.

D'accord.

Il arma le pistolet et le pointa vers la baie et pressa sur la détente. La fusée monta en arc de cercle dans l'obscurité avec un long sifflement et explosa dans une gerbe de lumière brumeuse quelque part au-dessus de l'eau et resta comme suspendue. Les vrilles brûlantes de magnésium dérivaient lentement dans le noir et le flot pâle de la marée apparut dans leur éclat sur l'estran pour lentement disparaître. L'homme baissa les yeux sur le visage levé du petit.

Ça ne se verrait pas de très loin, hein, Papa ?

Qui ne la verrait pas de très loin ?

N'importe qui.

Non. Pas de très loin.

Si on voulait montrer où on est.

Tu veux dire aux gentils, par exemple ?

Oui. Ou à n'importe qui si on voulait que quelqu'un sache où on est.

Qui par exemple ?

J'en sais rien.

Dieu par exemple ?

Ouais. Peut-être quelqu'un comme ça.

Au matin il fit un feu et partit sur la plage pendant que le petit dormait. Il ne s'était pas absenté longtemps mais il était en proie à un étrange malaise et quand il revint le petit était debout sur la plage, enveloppé dans ses couvertures. Il pressa le pas. Le temps d'arriver jusqu'à lui, le petit s'était rassis.

Qu'est-ce qu'il y a? dit-il. Qu'est-ce qu'il y a?

Je ne me sens pas bien, Papa.

Il lui mit la main sur le front. Il était brûlant. Il le souleva et le porta auprès du feu. C'est rien, dit-il. Tu vas aller mieux.

J'ai envie de vomir.

T'en fais pas.

Il le fit asseoir dans le sable en lui tenant le front pendant qu'il se penchait en avant et vomissait. Il lui essuya la bouche avec la main. Je te demande pardon, dit le petit. Chut. Tu n'as rien fait de mal.

Il le porta jusqu'au bivouac et l'enveloppa dans les couvertures. Il essaya de lui faire boire de l'eau. Il remit du bois sur le feu et resta à genoux en gardant sa main sur son front. Tu vas guérir, dit-il. Il était terrifié.

Ne t'en va pas, dit le petit.

Bien sûr que je ne vais pas m'en aller.

Même un petit moment.

Non. Je reste ici tout près.

D'accord, Papa. D'accord.

Il le garda toute la nuit serré contre lui, s'assoupissant et se réveillant terrorisé, sa main cherchant le cœur de l'enfant. Au matin ça n'allait pas mieux. Il essaya de lui faire boire un peu de jus de fruits mais le petit n'en voulut pas. Il pressait sa main sur son front, implorant une fraîcheur qui n'arrivait pas. Il essuyait ses lèvres blanches pendant qu'il dormait. Je ferai ce que j'ai promis, chuchotait-il. Quoi qu'il arrive. Je ne t'enverrai pas seul dans les ténèbres.

Il fouilla dans la trousse de premiers secours qu'il avait rapportée du bateau mais il n'y avait pas grand-chose dedans qui pût servir. De l'aspirine. Des bandages et du désinfectant. Des antibiotiques depuis longtemps périmés. C'était pourtant tout ce qu'il avait et il aida le petit à boire et lui mit une gélule sur la langue. Le petit était trempé de sueur. Il l'avait déjà sorti des couvertures et maintenant il tirait sur les fermetures éclair pour le débarrasser de sa veste puis de ses vêtements et l'emportait loin du feu. Le petit levait la tête et le regardait. J'ai très froid, dit-il.

Je sais. Mais tu as beaucoup de fièvre et il faut la faire baisser.

Je peux avoir une autre couverture ?

Oui. Bien sûr.

Tu ne vas pas t'en aller.

Non. Je ne vais pas m'en aller.

Il avait pris les vêtements sales du petit et les lavait en les plongeant dans le ressac, debout et frissonnant, nu des pieds jusqu'à la ceinture dans l'eau de mer glaciale, trempant les vêtements dans l'eau et les remontant et les essorant. Il les étala près du feu sur des bâtons plantés de guingois dans le sable et remit du bois et revint s'asseoir auprès du petit, caressant ses cheveux emmêlés. Le soir venu il ouvrit une boîte de soupe et la posa sur les braises et il mangea et contempla l'approche de la nuit. Quand il se réveilla il était allongé secoué de frissons dans le sable et le feu n'était guère qu'un tas de cendres et il faisait nuit noire. Il se redressa, sa main cherchant le petit. Oui, chuchotait-il. Oui.

Il ralluma le feu et prit un chiffon et le mouilla et le posa sur le front du petit. L'aube hivernale commençait à poindre et quand il fit assez clair pour voir il alla dans les bois de l'autre côté des dunes et revint en traînant un grand travois de branches mortes et entreprit de les casser et de les empiler près du feu. Il écrasa des comprimés d'aspirine dans une tasse et les fit fondre dans de l'eau et y mit un peu de sucre et s'assit et souleva la tête du petit en lui tenant la tasse pendant qu'il buvait.

Il arpentait la plage, voûté et toussant. Il s'arrêtait pour regarder les rouleaux noirs de la houle. Il titubait de fatigue. Il revint s'asseoir près du petit et replia le chiffon et lui épongea le visage puis étala le chiffon sur son front. Il faut que tu restes à côté de lui, dit-il. Il faut que tu fasses vite. Pour pouvoir être avec lui. Le serrer contre toi. Le dernier jour de la terre.

Le petit dormit toute la journée. Il le réveillait à intervalles réguliers pour lui faire boire de l'eau sucrée, la gorge sèche du petit tressautant et hoquetant. Il faut que tu boives, disait-il. D'accord, répondait le petit dans un râle. Il enfonça la tasse dans le sable et lui fit un oreiller avec la couverture pliée sous sa tête trempée et le couvrit. Tu as froid ? dit-il. Mais le petit s'était déjà endormi.

Toute la nuit il s'était efforcé de rester éveillé, mais en vain. À chaque instant il se réveillait et s'asseyait et se donnait des claques ou se levait pour mettre du bois dans le feu. Il tenait le petit contre lui et se penchait pour entendre l'air laborieusement aspiré. Sa main sur les minces barreaux des côtes. Il partit sur la plage à la limite de la lumière et resta immobile les poings sur le sommet du crâne et tomba à genoux en sanglotant de rage.

Il y eut une brève averse pendant la nuit, un léger crépitement sur la bâche. Il la tira sur eux et se tourna sur le côté et resta allongé avec l'enfant serré contre lui, contemplant les flammes bleues à travers le plastique. Il sombra dans un sommeil sans rêves.

Quand il se réveilla de nouveau il savait à peine où il était. Le feu était mort, la pluie avait cessé. Il écarta la bâche et se souleva sur les coudes. La lueur grise du jour. Le petit l'observait. Papa, dit-il.
Oui. Je suis à côté de toi.
Je peux avoir un peu d'eau ?
Oui. Oui, bien sûr. Comment te sens-tu ?
Un peu bizarre.
Tu as faim ?
J'ai seulement très soif.
Attends que j'aille chercher de l'eau.
Il repoussa les couvertures et se leva et contourna le

feu mort et prit la tasse du petit et la remplit avec le jerricane d'eau en plastique et s'agenouilla pour le faire boire. Il lui tenait la tasse. Tu vas guérir, dit-il. Le petit buvait. Il opina du chef et regarda son père. Puis il but le reste de l'eau. Encore, dit-il.

Il fit un feu et raccrocha les vêtements mouillés du petit et lui apporta une cannette de jus de pomme. Tu te souviens de quelque chose ? dit-il.

À propos de quoi ?

De ta maladie.

Je me rappelle qu'on a tiré avec le pistolet d'alarme.

Tu te rappelles qu'on a rapporté les affaires du bateau ?

Il buvait le jus à petites gorgées. Il leva la tête. Je ne suis pas un demeuré, dit-il.

Je sais.

J'ai fait de drôles de rêves.

À propos de quoi ?

Je ne veux pas te le dire.

Bon. Je veux que tu te brosses les dents.

Avec de la vraie pâte dentifrice.

Oui.

D'accord.

Il avait vérifié toutes les boîtes de conserve mais n'avait rien pu trouver de suspect. Il en avait jeté quelques-unes qui semblaient trop rouillées. Ils étaient assis ce soir-là devant le feu et le petit buvait de la soupe brûlante et l'homme retournait ses habits fumants suspendus à des bâtons et gardait les yeux fixés sur lui, au point que le petit en était gêné. Arrête de me regarder, Papa, dit-il.

D'accord.

Mais il n'arrêtait pas.

Deux jours plus tard ils firent une longue expédition sur la plage, jusqu'au promontoire, aller et retour, s'enfonçant dans le sable avec leurs savates en plastique. Ils avaient mangé d'énormes repas et il avait érigé un appentis en toile de voile avec des cordes et des bâtons pour se protéger du vent. Ils avaient ramené leurs provisions aux dimensions d'un chargement raisonnable pour le caddie et il pensait qu'ils pourraient partir le surlendemain. Puis comme ils regagnaient le bivouac tard dans la journée il aperçut des empreintes de pas dans le sable. Il s'arrêta, balayant la plage du regard. Oh mon Dieu, dit-il, mon Dieu.

Qu'est-ce qu'il y a, Papa ?

Il sortit le revolver de dessous sa ceinture. Viens, dit-il. Dépêchons-nous.

La bâche avait disparu. Leurs couvertures. La bouteille d'eau et leurs réserves de nourriture entreposées sur le bivouac. La toile de voile avait été emportée dans les dunes par le vent. Leurs chaussures avaient disparu. Il fit en courant le tour de la combe d'avoines de mer où il avait laissé le caddie mais le caddie avait disparu. Tout. Espèce d'idiot, dit-il. Quel trouduc tu fais.

Le petit attendait debout, les yeux exorbités. Qu'est-ce qui est arrivé, Papa ?

Ils ont tout pris. Viens.

Le petit leva la tête. Il commençait à pleurer.

Reste près de moi, dit l'homme. Reste tout près de moi.

Il pouvait distinguer les traces du caddie là où on l'avait traîné sur le sable mou. Des empreintes de pas. Combien ? Il perdit la trace sur le sol plus ferme de l'autre côté des fougères puis la retrouva. Quand ils arrivèrent sur la route il fit signe au petit de s'arrêter. La route était exposée au vent qui soufflait de la mer et la cendre avait été balayée sauf quelques poches ici et là. Ne marche pas sur la route, dit-il. Et arrête de pleurer. Il faut qu'on enlève tout le sable qu'on a aux pieds. Ici. Assieds-toi.

Il défit leurs bandages et les secoua et les renoua. Je veux que tu m'aides, dit-il. On cherche du sable. Du sable sur la route. Même un tout petit grain. Pour voir par où ils sont partis. D'accord ?
D'accord.

Ils partirent sur le bitume dans des directions opposées. Il n'était pas allé loin et déjà le petit l'appelait. Il y en a ici, Papa. Ils sont partis par là. Quand il le rejoignit, le petit était accroupi sur la route. Juste ici, dit-il. Il y avait une demi-cuillerée à thé de sable de la plage, échappé du châssis du caddie. L'homme regardait la route au loin. Bon travail, dit-il. Allons-y.

Ils partirent au trot. Une cadence qu'il se croyait capable de tenir mais il ne le pouvait pas. Il dut s'arrêter, courbé en deux et toussant. Le souffle court, il regardait le petit. Il va falloir qu'on marche, dit-il. S'ils nous entendent ils vont se cacher au bord de la route. Viens.

Combien ils sont, Papa ?

J'en sais rien. Rien qu'un peut-être.

Est-ce qu'on va les tuer ?

J'en sais rien.

Ils repartirent. Une heure passa et il était déjà tard et le long crépuscule était bien entamé lorsqu'ils rattrapèrent le voleur, penché sur le caddie lourdement chargé, peinant sur la route devant eux. Quand il se retourna et qu'il les aperçut il essaya de courir avec le caddie, mais c'était peine perdue et finalement il s'arrêta et se posta derrière le caddie en brandissant un couteau de boucher. En voyant le revolver il recula, mais sans lâcher le couteau.

Écarte-toi du caddie, dit l'homme.

Il les regardait. Il regardait le petit. C'était un intouchable d'une des communes et on lui avait tranché les doigts de la main droite. Il essayait de la cacher derrière lui. Une sorte de spatule de chair. Le caddie débordait. Il avait tout pris.

Écarte-toi du caddie et pose le couteau.

Il regardait autour de lui. Comme s'il pouvait y avoir de l'aide quelque part. Décharné, sinistre, barbu, crasseux. Les lambeaux de sa vieille veste en plastique tenaient ensemble avec du ruban adhésif. Le revolver était à double action mais l'homme le mit quand même au cran de l'armé. Deux déclics sonores. À part cela rien que le bruit de leur respiration dans le silence des salants. Ils pouvaient sentir son odeur dans ses haillons puants. Si tu ne poses pas le couteau et que tu ne t'écartes pas du caddie, dit l'homme, je te fais sauter la cervelle. Le voleur tourna la tête vers le petit et ce qu'il vit le refroidit pour de bon. Il posa le couteau sur les couvertures et fit un pas en arrière.

Recule. Encore.

Il fit encore un pas en arrière.

Papa ? dit le petit.

Tais-toi.

Il gardait les yeux fixés sur le voleur. Va en enfer, dit-il.

Papa s'il te plaît ne le tue pas.

Le voleur jetait des regards affolés. Le petit pleurait.

Allez, mec. J'ai fait ce que t'as dit. Écoute le petit.

Enlève tes vêtements.

Quoi ?

Enlève tes vêtements. Toutes les saloperies que t'as sur toi.

Allez. Fais pas ça.

Je vais te tuer sur place.

Fais pas ça, mec.

Je ne vais pas te le répéter.

Bon. Bon. Du calme.

Il se déshabillait lentement en posant ses immondes guenilles en tas sur la route.

Les chaussures.

Allez, mec.

Les chaussures.

Le voleur regardait le petit. Le petit détournait la tête et se collait les mains sur les oreilles. D'accord, dit le voleur. D'accord. Il s'assit tout nu sur la route et commença à défaire les lacets des morceaux de cuir pourrissants noués à ses pieds. Puis il se releva en les tenant d'une main.

Pose-les dans le caddie.

Il fit un pas en avant et posa les chaussures au-dessus des couvertures et recula. Il était debout, brut et nu, sale, affamé. Se cachant avec sa main. Il frissonnait déjà.

Mets tes vêtements dedans.

Il se baissa et ramassa les guenilles et les empila par-

227

dessus les chaussures. Il restait debout, s'entourant de ses bras. Fais pas ça, mec.

Tu n'as pas hésité à nous faire pareil.

Je t'en supplie.

Papa, dit le petit.

Allez. Écoute le gosse.

Tu as essayé de nous tuer.

Je meurs de faim, mec. T'aurais fait pareil.

Tu nous as tout pris.

Allez, mec. Je vais mourir.

Je vais te laisser comme tu nous as laissés.

Allons. Je t'en supplie.

L'homme tira le caddie en arrière et lui fit faire demi-tour et posa le revolver par-dessus et regarda le petit. Allons-nous-en, dit-il. Et ils repartirent le long de la route vers le sud avec le petit qui pleurait et se retournait sur la créature tremblante, nue et squelettique blottie dans ses propres bras au milieu de la route. Il sanglotait : Oh Papa.

Arrête ça.

Je ne peux pas m'arrêter.

Qu'est-ce que tu crois qui nous serait arrivé si on ne l'avait pas rattrapé ? Arrête à la fin.

Je vais essayer.

Quand ils arrivèrent au tournant, le voleur était encore debout sur la route. Il ne pouvait aller nulle part. À chaque instant le petit se retournait et quand il l'eut perdu de vue il s'assit sur la route en sanglotant. L'homme s'arrêta sur le bas-côté et resta debout, penché sur lui. Il sortit leurs chaussures du caddie et s'assit et enleva les bandages des pieds du petit. Il faut que tu arrêtes de pleurer, dit-il.

Je ne peux pas.

Il leur remit leurs chaussures et il revint sur leurs pas mais il ne voyait pas le voleur. Il est parti, dit-il. Viens.

Il n'est pas parti, dit le petit. Il leva les yeux. Son visage strié de suie. Sûrement pas.

Qu'est-ce que tu veux faire ?

Seulement l'aider, Papa. Seulement l'aider.

L'homme regardait la route derrière lui.

Il avait seulement faim, Papa. Il va mourir.

Il va mourir de toute façon.

Il a tellement peur, Papa.

L'homme s'était accroupi et le regardait. J'ai peur, dit-il. Comprends-tu ? J'ai peur.

Le petit ne répondait pas. Il restait assis, tête basse, secoué de sanglots.

C'est pas toi qui dois t'occuper de tout.

Le petit dit quelque chose mais il ne comprit pas ses paroles.

Quoi ? dit-il.

Il leva les yeux, son visage mouillé et sale. Si, c'est moi, dit-il. C'est moi.

Ils retournèrent sur la route en poussant le caddie branlant et en s'arrêtant dans le froid et l'obscurité de plus en plus épaisse. Ils appelaient mais personne ne venait.

Il a peur de répondre, Papa.

C'est ici qu'on s'était arrêtés ?

J'en sais rien. Je crois que oui.

Ils remontèrent la route en appelant dans le crépuscule désert. Leurs voix s'égaraient sur les terres littorales de plus en plus sombres. Ils firent halte. Les mains en cornet sur la bouche ils appelaient vainement dans le vide. Finalement il déposa les chaussures et les vêtements en pile sur la route. Il mit une pierre par-dessus. Il faut partir, dit-il. Il faut partir.

Ils bivouaquèrent sans feu ni eau. Il avait trié des boîtes de conserve pour leur dîner et les avait fait chauffer sur le brûleur à gaz et ils mangeaient et le petit ne disait rien. L'homme essayait de voir son visage à la lueur bleue du brûleur. Je n'allais pas le tuer, dit-il. Mais le petit ne répondait pas. Ils s'enroulèrent dans les couvertures et s'allongèrent dans le noir. Il avait l'impression d'entendre la mer mais ce n'était peut-être que le vent. Il devinait à sa respiration que le petit était réveillé et au bout d'un moment : On l'a tué quand même, dit le petit.

Au matin ils mangèrent et repartirent. Le caddie était tellement chargé que c'était dur de le pousser et une des roues était sur le point de lâcher. La route serpentait le long de la côte, des gerbes mortes d'herbe salée pendaient au-dessus de la chaussée. La mer couleur de plomb bougeait au loin. Le silence. Quand il se réveilla cette nuit-là où la pâle lueur charbonneuse de la lune au-delà des ténèbres rendait presque visibles les silhouettes des arbres il détourna la tête en toussant. Une odeur de pluie de ce côté-là. Le petit était réveillé. Il faut que tu me parles, dit-il.

Je vais essayer.

Pardon de t'avoir réveillé.

Ça ne fait rien.

Il se leva et partit vers la route. Le noir ruban du macadam menant de ténèbres en ténèbres. Puis un sourd grondement lointain. Pas de tonnerre. On pouvait le sentir sous les pieds. Un bruit sans référent donc sans description. Quelque chose d'impondérable qui se déplaçait là-bas dans l'obscurité. La terre elle-même se contractant sous l'effet du froid. Ça ne revenait pas. Quelle saison de l'année ? Quel âge l'enfant ? Il s'avança sur la route et s'arrêta. Le silence. Le salitter disparaissant de la terre en se desséchant. Les formes boueuses de villes inondées, incendiées jusqu'au ras des eaux. À un carrefour des dolmens où moisissent des os divinatoires. Pas d'autre bruit que le vent. Que diras-tu ? Un homme vivant a-t-il proféré ces lignes ? A-t-il pris son petit couteau pour tailler sa plume et inscrire ces choses avec de la prune ou de la suie ? À un moment prévisible et écrit ? La mort va me dérober mes yeux. Me sceller la bouche avec de la terre.

Il tria encore une fois les boîtes de conserve une par une, les tenant dans sa main et les pressant comme quelqu'un qui vérifie la maturité d'un fruit sur l'étal d'un marché. Il en écarta deux qu'il trouvait suspectes et rangea les autres et chargea le caddie et ils repartirent sur la route. Au bout de trois jours ils arrivèrent dans une petite ville portuaire et ils cachèrent le caddie dans un garage derrière une maison et empilèrent de vieilles caisses par-dessus et allèrent ensuite s'asseoir dans la maison pour voir s'il viendrait quelqu'un. Il ne venait personne. Il fit le tour des placards mais il n'y avait rien. Il avait besoin de vitamine D pour le petit autrement il allait devenir rachitique. Il était debout contre l'évier et regardait dehors vers l'allée. La lumière couleur d'eau de lessive gelait sur les carreaux de verre sales. Le petit était assis, écroulé contre la table la tête dans ses bras.

Ils traversèrent toute la ville jusqu'aux docks. Ils ne voyaient personne. Il avait le revolver dans la poche de sa veste et le pistolet d'alarme à la main. Ils longèrent le môle, les planches en bois grossier noires de goudron clouées avec des broches aux poutres en dessous. Des bollards en bois. Une vague odeur de sel et de créosote qui venait de la baie. Sur l'autre rive une rangée d'entrepôts et la carcasse d'un pétrolier rouge de rouille. Une grande grue à portique découpée sur le ciel morose. Il n'y a personne ici, dit-il. Le petit ne répondit pas.

Ils prirent par les rues latérales en poussant le caddie et traversèrent la voie de chemin de fer et se retrouvèrent sur la route principale à l'autre bout de la ville. Ils longeaient les dernières constructions en bois quand quelque chose passa près de sa tête en sifflant et rebondit sur l'asphalte et alla se briser sur le mur de l'immeuble en béton de l'autre côté de la rue. Il empoigna le petit et se laissa tomber sur lui et empoigna le caddie en le tirant vers eux. Le caddie bascula et la bâche et les couvertures se répandirent sur la chaussée. Dans la maison à une des fenêtres du haut il aperçut un type qui pointait un arc sur eux et il plaqua au sol la tête du petit et tenta de le couvrir avec son corps. Il entendit la vibration assourdie de la corde de l'arc et sentit une cuisante et soudaine douleur dans la jambe. Espèce de salaud, dit-il. Espèce de salaud. Du bout des doigts il écarta les couvertures et bondit pour saisir le pistolet d'alarme et le leva et l'arma en appuyant son bras sur le caddie. Le petit s'agrippait à lui. Quand le type revint se poster dans l'encadrement de la fenêtre pour tirer une autre flèche, il fit feu. La fusée jaillit vers la fenêtre en décrivant une longue parabole blanche et l'instant d'après ils entendirent le type pousser un hurlement. Il saisit le petit et le plaqua au sol en tirant les couvertures par-dessus. Ne bouge pas, dit-il. Ne bouge pas et ne regarde pas. Il tira les couvertures sur la chaussée pour trouver le coffret du pistolet d'alarme. Finalement le coffret glissa du caddie et il l'empoigna et l'ouvrit et sortit les cartouches et rechargea le pistolet et referma la culasse et mit le reste des cartouches dans sa poche. Reste où tu es, souffla-t-il en caressant le petit à travers les couvertures, et il s'élança de l'autre côté de la rue en boitant.

Il entra dans la maison par la porte de derrière, le pistolet d'alarme à la hauteur de la taille. La maison avait été entièrement dépecée jusqu'aux poteaux des murs. Il traversa le séjour et s'arrêta sur le palier. Guettant un mouvement dans les pièces du haut. Il jeta un bref coup d'œil par la fenêtre sur le caddie couché par terre puis il monta l'escalier.

Une femme était assise dans un coin avec le type serré contre elle. Elle avait enlevé sa veste pour l'en recouvrir. Dès qu'elle aperçut l'homme elle se mit à l'injurier. La fusée s'était consumée sur le parquet en laissant une tache de cendre blanche et il y avait dans la pièce une vague odeur de bois brûlé. Il traversa la pièce et regarda dehors par la fenêtre. La femme le suivait du regard. Décharnée, de fins cheveux gris.

Il y a quelqu'un d'autre ici ?

Elle ne répondait pas. Il passa devant elle et fit le tour

des pièces. Sa jambe saignait abondamment. Il sentait que son pantalon lui collait à la peau. Il retourna dans la pièce de devant. Où est l'arc ? dit-il.

Je ne l'ai pas.

Où est-il ?

J'en sais rien.

Ils vous ont laissée seule ici, hein ?

C'est moi qui m'y suis laissée seule.

Il fit demi-tour et descendit l'escalier en boitant et ouvrit la porte principale et sortit à reculons dans la rue sans quitter la maison des yeux. En arrivant au caddie il le redressa et remit leurs affaires en pile dedans. Reste à côté de moi, souffla-t-il. Reste à côté de moi.

Ils s'installèrent dans l'immeuble d'un ancien magasin à la sortie de la ville. Il poussa le caddie à l'intérieur et arriva dans un local au fond et ferma la porte et la bloqua avec le caddie posé en travers. Il sortit le brûleur et la bouteille de gaz et alluma le brûleur et le posa par terre puis il ouvrit la boucle de sa ceinture et enleva le pantalon taché de sang. Le petit regardait. La flèche avait fait une entaille d'environ huit centimètres de long juste au-dessus du genou. Ça continuait de saigner et tout le haut de la cuisse était décoloré et il voyait que la blessure était profonde. Une pointe large de fabrication artisanale, façonnée au marteau dans du fer à ruban, une vieille cuillère, Dieu sait quoi. Il tourna la tête vers le petit. Regarde si tu peux trouver la trousse de premiers secours, dit-il.

Le petit ne bougeait pas.

Trouve-moi la trousse de premiers secours, nom d'un chien. Reste pas les bras croisés.

Le petit se leva d'un bond et alla à la porte et commença

à fouiller sous la bâche et les couvertures empilées dans le caddie. Il revint avec la trousse et la tendit à l'homme et l'homme la prit sans faire de commentaires et la posa devant lui sur le sol de ciment et appuya sur les fermoirs et l'ouvrit. Il allongea le bras et monta la flamme du brûleur pour avoir davantage de lumière. Apporte-moi la bouteille d'eau, dit-il. Le petit apporta la bouteille et l'homme dévissa le bouchon et versa de l'eau sur la blessure et rapprocha les bords et les garda serrés entre ses doigts tout en épongeant le sang. Il tamponna la blessure avec le désinfectant et ouvrit une enveloppe en plastique avec les dents et en sortit une petite aiguille à suture et une bobine de fil de soie et approcha le fil de la lumière pour l'enfiler dans le chas de l'aiguille. Il sortit une pince à hémostase de la trousse et saisit l'aiguille entre les mâchoires de la pince et les bloqua et commença à coudre les bords de la plaie. Il travaillait vite et apparemment sans trop de peine. Le petit était assis par terre. Il tourna la tête vers lui et se pencha de nouveau sur les sutures. Tu n'as pas besoin de regarder, dit-il.

Ça va ?

Ouais. Ça va.

Ça fait mal ?

Oui. Ça fait mal.

Il fit un nœud et enroula le fil autour et serra et coupa la soie avec les ciseaux de la trousse et regarda le petit. Le petit contemplait ce qu'il venait de faire.

Je te demande pardon de t'avoir crié dessus.

Le petit leva les yeux. Ça ne fait rien, Papa.

Repartons à zéro.

D'accord.

Au matin il pleuvait et un vent violent secouait la vitre à l'arrière du bâtiment. Il se leva pour regarder dehors. Une cale de radoub en acier à moitié effondrée et submergée dans la baie. Les cockpits de bateaux de pêche coulés dépassant de la surface grise du clapotis. Rien qui bougeât au loin. Tout ce qui pouvait bouger avait été depuis longtemps balayé par le vent. Sa jambe l'élançait et il retira le pansement et désinfecta et examina la blessure. La chair enflée et décolorée dans le noir treillis des fils de suture. Il refit le pansement et enfila son pantalon raide de sang.

Ils passèrent la journée là, assis entre les cartons et les caisses. Il faut que tu me parles, dit-il.
Je parle.
T'en es sûr ?
Je parle là.
Tu veux que je te raconte une histoire ?
Non.
Pourquoi pas ?
Le petit le regarda puis détourna les yeux.
Pourquoi pas ?
Ce ne sont pas des histoires vraies.
Ça n'a pas besoin d'être des histoires vraies. Ce sont des histoires.
Oui. Mais dans les histoires on aide toujours quelqu'un et nous on aide personne.
Pourquoi tu ne me racontes pas toi-même une histoire ?
Je n'en ai pas envie.
D'accord.
Je n'ai pas d'histoires à raconter.
Tu pourrais me raconter une histoire sur toi.

Les histoires sur moi tu les connais déjà toutes. Tu étais là.

Il y a des histoires au fond de toi dont je ne sais rien.

Tu veux dire quelque chose comme des rêves ?

Comme des rêves. Ou simplement des choses auxquelles tu penses.

Ouais, mais en général les histoires sont des histoires qui finissent bien.

Pas forcément.

Toi, tu racontes toujours des histoires qui finissent bien.

Tu n'as pas d'histoires qui finissent bien ?

Elles sont plutôt comme la vraie vie.

Mais mes histoires à moi ne le sont pas.

Tes histoires à toi ne le sont pas. Non.

L'homme l'observait. La vraie vie est très cruelle ?

Qu'est-ce que tu crois ?

Eh bien, je crois qu'on est toujours là. Il nous est arrivé pas mal de mauvaises choses mais on est toujours là.

Ouais.

Tu ne trouves pas ça tellement formidable.

J'en sais rien.

Ils avaient tiré une table à ouvrage contre la fenêtre et avaient étalé leurs couvertures et le petit était couché à plat ventre et regardait dehors de l'autre côté de la baie. L'homme était assis, les jambes allongées. Entre eux étaient posés sur la couverture le revolver et le pistolet d'alarme avec la boîte de fusées. Au bout d'un moment l'homme dit : Je crois que ce n'est pas si mal. Que c'est une assez belle histoire. Que ça compte pour quelque chose.

Ça va, Papa. Je voudrais juste être tranquille une minute.

Et les rêves alors ? Dans le temps tu me racontais tes rêves, quelquefois.

J'ai envie de parler de rien.

D'accord.

Je ne fais pas de beaux rêves de toute façon. Dans mes rêves il arrive toujours quelque chose de mauvais. Tu disais que ça ne faisait rien parce que les beaux rêves ne sont pas bon signe.

Ça se peut. Je ne sais pas.

Quand tu te réveilles en toussant tu t'en vas plus loin sur la route ou ailleurs mais je t'entends quand même tousser.

Je te demande pardon.

Une fois je t'ai entendu pleurer.

Je sais.

Alors si je ne dois pas pleurer tu ne devrais pas pleurer non plus.

D'accord.

Tu crois que ta jambe va guérir ?

Oui.

Tu ne dis pas ça juste comme ça.

Non.

Parce que ça m'a l'air vilain.

Ce n'est pas si grave que ça.

Ce type essayait de nous tuer. C'est ça ?

Oui.

Tu l'as tué ?

Non.

C'est la vérité ?

Oui.

D'accord.

Et c'est bien comme ça ?

Oui.

Je croyais que tu n'avais pas envie de parler ?

Je n'en ai pas envie.

Ils partirent deux jours plus tard. L'homme claudiquant derrière le caddie et le petit restant tout près de lui jusqu'à ce qu'ils soient sortis des faubourgs de la ville. La route longeait la côte grise et plate et il y avait sur la route des amoncellements de sable que les vents avaient laissés. Marcher devenait pénible et par endroits ils devaient s'ouvrir un chemin en déblayant avec une planche qu'ils gardaient dans le panier en bas du caddie. Ils quittèrent la route et descendirent sur la plage et s'assirent à l'abri du vent dans les dunes pour étudier la carte. Ils avaient apporté le brûleur et ils mirent de l'eau à chauffer et firent du thé et restèrent là enveloppés dans leurs couvertures pour se protéger du vent. Plus bas sur le rivage la charpente désagrégée d'un vieux navire. Les poutres grises poncées par le sable, d'anciennes chevilles baïonnettes tournées à la main. Les pièces de fer mauves piquées de rouille, coulées dans une fonderie de Cadix ou Bristol et façonnées au marteau sur une enclume noircie, bonnes pour tenir trois cents ans contre la mer. Le lendemain ils traversèrent les ruines d'une station balnéaire aux fenêtres condamnées et prirent à travers une pinède la route de l'intérieur, la longue ligne droite du macadam entrecoupée de tas d'aiguilles de pin, le vent dans les arbres noirs.

À midi il s'assit sur la route pour profiter du maximum de lumière que la journée aurait à offrir et il coupa les fils de suture avec les ciseaux et remit les ciseaux dans la trousse et prit la pince à hémostase. Il commença à sortir de sa peau les minces fils noirs en appuyant avec le gras du pouce. Le petit regardait, assis sur la route. L'homme fixait la pince à l'extrémité des fils et les sortait un à un. De fines gouttelettes de sang. Quand il eut terminé il rangea la pince et appliqua de la gaze sur la plaie puis se releva et remonta son pantalon et tendit la trousse au petit pour qu'il la range.

Ça a fait mal, hein ? dit le petit.

Oui. Bien sûr.

Tu es très courageux ?

Juste à moitié.

Qu'est-ce que c'est que t'as jamais fait de plus courageux ?

Il envoya sur la route un crachat sanglant. Me lever ce matin, dit-il.

C'est vrai ?

Non. Ne m'écoute pas. Viens, allons-y.

Au soir la forme d'une autre ville côtière dans la pénombre, la grappe des tours plus ou moins penchées. Il se dit que les charpentes métalliques s'étaient ramollies dans la chaleur et avaient ensuite durci, laissant les immeubles debout mais de guingois. Le verre fondu des fenêtres pendait le long des murs, figé comme un glaçage sur un gâteau. Ils continuaient. À présent quand il se réveillait pendant la nuit dans cette noire et glaciale désolation il émergeait parfois de mondes délicatement colorés d'amour humain, de chants d'oiseaux, de soleil.

Il pressait son front contre ses bras croisés sur la barre du caddie et toussait. Il crachait une bave sanguinolente.

Il devait de plus en plus souvent s'arrêter pour se reposer. Le petit l'observait. Dans un autre monde l'enfant aurait déjà commencé à l'expulser de sa vie. Mais il n'avait pas d'autre vie. Il savait que le petit restait éveillé la nuit et qu'il écoutait pour entendre s'il respirait.

Les jours se traînaient sans date ni calendrier. Le long de l'autoroute au loin, de longues files de voitures carbonisées en train de rouiller. Les jantes nues des roues enfoncées dans une boue grise solidifiée de caoutchouc fondu, dans des anneaux de fil métallique noirci. Perchés sur les ressorts nus des sièges, les cadavres incinérés et rapetissés de la taille d'un enfant. Dix mille rêves dans le sépulcre de leurs cœurs passés au gril. Ils continuaient. Marchant sur le monde mort comme des rats tournant sur une roue. Les nuits d'une quiétude de mort et plus mortellement noires. Si froides. Ils parlaient à peine. Il toussait sans cesse et le petit le regardait cracher du sang. Marcher le dos voûté. Sale, en haillons, sans espoir. Il s'arrêtait et s'appuyait contre le caddie et le petit continuait puis s'arrêtait et se retournait et l'homme levait les yeux en pleurant et le voyait là debout sur la route qui le regardait du fond d'on ne sait quel inconcevable avenir, étincelant dans ce désert comme un tabernacle.

La route traversait un marécage desséché où des tuyaux de glace sortaient tout droits de la boue gelée, pareils à des formations dans une grotte. Les restes d'un ancien feu au bord de la route. Au-delà une longue levée de ciment. Un marais d'eau morte. Des arbres morts émergeant de l'eau grise auxquels s'accrochait une mousse de tourbière grise et fossile. Les soyeuses retombées de cendre contre la bordure. Il s'appuyait au ciment rugueux du parapet. Peut-être que dans la destruction du monde il serait enfin possible de voir comment il était fait. Les océans, les montagnes. L'accablant contre-spectacle des choses en train de cesser d'être. L'absolue désolation, hydropique et froidement temporelle. Le silence.

Ils commençaient à rencontrer des pinèdes mortes, fauchées par les tempêtes. De vastes pans de ruines taillés à même le paysage. Les décombres de bâtiments épars à travers la campagne et les écheveaux de fils électriques tombés des poteaux le long de la route et emmêlés comme de la laine à tricoter. La route était jonchée de débris et c'était dur d'y pousser le caddie. Ils finirent par s'asseoir au bord de la route, contemplant d'un œil vide ce qu'il y avait devant eux. Des toits de maisons, les troncs d'arbre. Un bateau. Le plein ciel au loin où la mer maussade traînait et remuait.

Ils triaient les débris le long de la route et il finit par trouver un sac en toile qu'il pouvait porter à l'épaule et une valise pour le petit. Ils y emballèrent leurs couvertures et la bâche et ce qui restait de conserves et repartirent avec leurs sacs à dos et leurs bagages en abandonnant le caddie derrière eux. Grimpant à travers les ruines. Progressant lentement. Il était forcé de s'arrêter pour reprendre haleine. Il s'assit au bord de la route sur un canapé aux coussins gonflés d'humidité. Penché en avant, toussant. Il retira de son visage le masque taché de sang et le rinça dans le fossé et le tordit et resta debout sur la route. Le panache blanc de son haleine. L'hiver était déjà sur eux. Il se retourna et regarda le petit. Debout avec sa valise comme un orphelin en train d'attendre un car.

Ils arrivèrent au bout de deux jours à un estuaire à marée où le pont effondré gisait dans l'eau qui remuait doucement. Ils s'assirent sur les restes du mur de soutènement de la route et regardèrent l'eau de la rivière refluer et tourbillonner autour du treillis métallique. Il essayait de voir de l'autre côté de l'eau quelle sorte de contrée il y avait.

Qu'est-ce qu'on va faire Papa ? dit-il.

C'est bien ce que je me demande, dit le petit.

Ils avaient marché jusqu'à l'extrémité d'une longue pointe de boue découverte par la marée. Là gisait une barque à moitié enfouie et ils restèrent un moment à la contempler. Ce n'était plus qu'une épave. Le vent se chargeait de pluie. Ils se traînèrent sur la plage avec leurs bagages à la recherche d'un abri mais ils n'en trouvaient pas. Il rassembla les morceaux de bois couleur d'os qui parsemaient la rive et réussit à allumer un feu et ils s'assirent dans les dunes sous la bâche et regardèrent la pluie froide arriver du nord. Elle tombait dru, trouant le sable. Le feu faisait de la vapeur et la fumée dérivait en lentes spirales et le petit s'allongea en chien de fusil sous la bâche martelée par l'averse et bientôt il s'endormit. L'homme avait tiré le plastique au-dessus de sa tête pour s'en faire un capuchon et regardait la mer grise disparaître au loin derrière le rideau de pluie et la houle battre le rivage puis refluer le long du sable sombre et grêlé.

Le lendemain ils partirent vers l'intérieur. Une vaste dépression où des fougères et des hortensias et des orchidées sauvages survivaient dans des effigies de cendre encore hors d'atteinte du vent. Leur progression était une torture. Deux jours plus tard quand ils arrivèrent à une route il posa le sac par terre et s'assit penché en avant les bras croisés sur la poitrine et toussa jusqu'à ce qu'il ne puisse plus tousser davantage. Au bout de deux jours ils avaient peut-être parcouru une quinzaine de kilomètres. Ils traversèrent la rivière et non loin de là ils arrivèrent à un carrefour. Une tempête avait déferlé sur l'isthme et fauché d'est en ouest les troncs noirs des arbres morts qui s'étaient couchés comme des herbes sur le lit d'un cours d'eau. Ce fut là qu'ils établirent leur bivouac et à l'instant où il s'allongea il sut qu'il ne pourrait pas aller plus loin et que c'était l'endroit où il mourrait. Le petit était assis et l'observait, les yeux pleins de larmes. Oh Papa, disait-il.

Il le regardait qui approchait dans l'herbe et s'agenouillait avec la tasse d'eau qu'il était allé chercher. Il y avait de la lumière tout autour de lui. Il prit la tasse et but et s'allongea de nouveau. Ils avaient pour toute nourriture une unique boîte de pêches mais il força le petit à la manger et ne voulut rien en prendre. Je ne peux pas, dit-il. Ça ne fait rien.

Je vais t'en garder la moitié.

D'accord. Garde-la jusqu'à demain.

Le petit avait pris la tasse et changé de place et quand il s'était déplacé la lumière s'était déplacée avec lui. Il voulait essayer de dresser une tente avec la bâche mais l'homme ne le lui avait pas permis. Il dit qu'il ne voulait rien qui le recouvre. Il restait allongé les yeux fixés sur le petit près du feu. Il voulait être capable de voir. Regarde autour de toi, dit-il. Il n'y a pas dans la longue chronique de la terre de prophète qui ne soit honoré ici aujourd'hui. De quelque forme que tu aies parlé tu avais raison.

Le petit avait cru sentir une odeur de cendre mouillée dans le vent. Il partit sur la route et revint en traînant un morceau de contreplaqué qu'il avait trouvé parmi les débris au bord de la route et il planta des bâtons dans le sol à l'aide d'un caillou et avec le contreplaqué il fit un misérable auvent mais finalement il ne pleuvait pas. Il laissa le pistolet d'alarme et prit le revolver avec lui et partit fouiller les alentours en quête de quelque chose à manger mais il revint sans avoir rien trouvé. L'homme lui prit la main, respirant avec peine. Il faut que tu continues, dit-il. Je ne peux pas venir avec toi. Il faut que tu continues d'avancer. Tu ne sais pas ce qu'il pourrait y avoir plus loin sur la route. On a toujours eu de la chance. Tu auras de la chance toi aussi. Tu verras. Vas-y. C'est bien ainsi.

Je ne peux pas.

C'est bien ainsi. Je m'y attendais depuis longtemps. Maintenant le moment est arrivé. Continue vers le sud. Fais tout comme on le faisait.

Tu vas guérir, Papa. Il le faut.

Non. Bien sûr que non. Garde tout le temps le revolver sur toi. Il faut que tu trouves les gentils mais tu ne peux prendre aucun risque. Aucun risque. Tu entends ?

Je veux être avec toi.

Tu ne peux pas.

S'il te plaît.

Tu ne peux pas. Il faut que tu portes le feu.

Je ne sais pas comment faire.

Si, tu sais.

Il existe pour de vrai ? Le feu ?

Oui, pour de vrai.

Où est-il ? Je ne sais pas où il est.

Si, tu le sais. Il est au fond de toi. Il y a toujours été. Je le vois.

Emmène-moi avec toi. S'il te plaît.

Je ne peux pas.

S'il te plaît, Papa.

Je ne peux pas. Je ne peux pas tenir dans mes bras mon fils mort. Je croyais que je le pouvais mais je ne peux pas.

Tu disais que tu ne m'abandonnerais jamais.

Je sais. Je te demande pardon. Tout mon cœur est à toi. Il l'a toujours été. Tu es le meilleur des garçons. Tu l'as toujours été. Si je ne suis plus ici tu pourras encore me parler. Tu pourras me parler et je te parlerai. Tu verras.

Et je t'entendrai ?

Oui. Tu m'entendras. Il faut que tu fasses comme si c'était une conversation que tu imagines. Et tu m'entendras. Il faut t'exercer. Ne renonce surtout pas. D'accord ?

D'accord.

Bien.

J'ai très peur Papa.

Je sais. Mais ça va aller. Tu vas avoir de la chance. Je le sais. Il faut que j'arrête de parler. Je vais me remettre à tousser.

Ça ne fait rien, Papa. Tu n'as pas besoin de parler. Ça ne fait rien.

Il partit le long de la route aussi loin qu'il en avait le courage puis il revint. Son père était endormi. Il s'assit près de lui sous la planche de contreplaqué et resta à le regarder. Il fermait les yeux et lui parlait et il gardait les yeux fermés et écoutait. Puis il recommençait.

Il s'était réveillé dans l'obscurité en toussant doucement. Il écoutait. Le petit était assis près du feu, enveloppé dans une couverture, et l'observait. Il écoutait. Le bruit des gouttes. Une lumière de plus en plus faible. D'anciens rêves qui empiétaient sur le monde à l'état de veille. Le bruit des gouttes c'était dans la grotte. La lumière c'était une bougie que le petit portait dans un baguier de cuivre martelé. La cire s'égouttait sur les pierres. Les empreintes de créatures inconnues dans le lœss nécrosé. Dans ce couloir froid ils avaient atteint le point de non-retour qui depuis le commencement ne se mesurait qu'à la lumière qu'ils portaient avec eux.

Tu te souviens de ce petit garçon, Papa?
Oui. Je m'en souviens.
Tu crois qu'il va bien ce petit garçon?
Oh oui. Je crois qu'il va bien.
Tu crois qu'il s'était perdu?
Non. Je ne crois pas qu'il s'était perdu.
J'ai peur que si.
Je crois qu'il va bien.
Mais qui le trouvera s'il s'est perdu? Qui trouvera le petit garçon?
La bonté trouvera le petit garçon. Elle l'a toujours trouvé. Elle le trouvera encore.

Il dormit cette nuit-là près de son père en le serrant contre lui mais au matin quand il se réveilla son père était froid et raide. Il resta longtemps assis en pleurs près de lui puis il se leva et partit à travers les bois en direction de la route. Quand il revint il s'agenouilla à côté de son père et prit sa main froide et dit encore et encore son nom.

Il resta trois jours puis il alla sur la route et il regarda au bout de la route et il regarda du côté d'où ils étaient venus. Quelqu'un approchait. Il allait faire demi-tour pour rentrer dans les bois mais il n'en fit rien. Il resta simplement là sur la route et il attendit, le revolver à la main. Il avait entassé toutes les couvertures sur son père et il avait froid et faim. L'homme qui arrivait dans son champ de vision et restait debout à le regarder était vêtu d'un blouson de ski gris et jaune. Il portait sur son épaule un fusil à pompe accroché à une bretelle de cuir torsadé le canon tourné vers le bas et il était équipé d'une cartouchière en nylon remplie de munitions pour le fusil. Un vétéran d'anciennes escarmouches, barbu, avec une balafre en travers de la joue et l'os enfoncé et son œil unique errant dans le vague. Quand il parlait sa bouche fonctionnait imparfaitement, et aussi quand il souriait.

Où est l'homme avec qui tu étais ?

Il est mort.

C'était ton père ?

Oui. C'était mon papa.

Je suis désolé.

Je ne sais pas quoi faire.

Je crois que tu devrais venir avec moi.

248

Vous faites partie des gentils ?

L'homme écarta le capuchon de son visage. Ses cheveux étaient longs et emmêlés. Il regarda le ciel. Comme s'il y avait eu quelque chose à voir là-haut. Il regarda le petit. Ouais, dit-il. Je fais partie des gentils. Pourquoi tu ne ranges pas ton revolver ?

Je ne dois laisser personne prendre mon revolver. Quoi qu'il arrive.

Je ne veux pas de ton revolver. Je veux seulement que tu ne le pointes pas sur moi.

D'accord.

Où sont tes affaires ?

On n'a pas grand-chose.

Tu as un sac de couchage ?

Non.

Qu'est-ce que tu as ? Des couvertures ?

Mon papa est enveloppé dedans.

Montre-moi.

Le petit ne bougeait pas. L'homme l'observait. Il mit un genou à terre et enleva le fusil de son épaule et le posa debout sur la route en s'appuyant au garde-main. Les cartouches de fusil dans les tubes de la cartouchière avaient été chargées à la main et les extrémités bouchées avec de la cire de bougie. L'homme sentait la fumée de bois. Regarde, dit-il. Tu as le choix entre deux choses. On a eu pas mal de discussions parce qu'on se demandait si ça valait seulement la peine d'aller vous chercher. Tu peux rester ici avec ton papa et mourir ou tu peux venir avec moi. Si tu restes il faut que tu te tiennes à l'écart de la route. Je me demande comment vous avez fait pour arriver jusqu'ici. Mais tu devrais venir avec moi. Tu seras bien.

Comment je peux être sûr que vous faites partie des gentils ?

Tu ne peux pas en être sûr. C'est un risque que tu dois prendre.

Est-ce que vous portez le feu?

Si je porte quoi?

Le feu.

T'es un peu dérangé, non?

Non.

Juste un peu.

Ouais.

Ça fait rien.

Alors, vous le portez?

Quoi? Si on porte le feu?

Oui.

Ouais. On porte le feu.

Vous avez des enfants?

Oui.

Vous avez un petit garçon?

On a un petit garçon et on a une petite fille.

Quel âge il a?

À peu près ton âge. Peut-être un peu plus.

Et vous ne les avez pas mangés.

Non.

Vous ne mangez pas les gens?

Non. On ne mange pas les gens.

Et je peux venir avec vous?

Oui. Tu peux.

D'accord alors.

D'accord.

Ils retournèrent dans les bois et l'homme s'accroupit et regarda la silhouette grise et émaciée allongée au pied de la planche de contreplaqué plantée de guingois. C'est tout ce que vous avez comme couvertures?

Oui.

C'est ta valise ?

Oui.

Il restait immobile. Il regardait le petit. Pourquoi tu ne retournes pas m'attendre sur la route ? J'apporterai les couvertures et tout.

Qu'est-ce qu'on va faire de mon papa ?

Qu'est-ce qu'on va en faire.

On ne peut pas le laisser ici comme ça.

Si on peut.

Je ne veux pas qu'on le voie.

Il n'y a personne pour le voir.

Je peux le couvrir avec des feuilles ?

Le vent va les emporter.

On ne pourrait pas le couvrir avec une des couvertures ?

Je vais m'en occuper. Va maintenant.

D'accord.

Il attendait sur la route et quand l'homme sortit des bois il portait la valise et il avait les couvertures sur l'épaule. Il les tria et en tendit une au petit. Prends-la, dit-il. Enroule-toi dedans. Tu as froid. Le petit essayait de lui tendre le revolver mais il ne voulait pas le prendre. Garde-le, dit-il.

D'accord.

Tu sais comment tirer avec ?

Oui.

D'accord.

Et mon papa ?

Il n'y a rien d'autre à faire.

Je crois que je veux lui dire au revoir.

Tu crois que ça va aller ?

Oui.

Vas-y. Je t'attends.

Il retourna dans les bois et s'agenouilla à côté de son père. Il était enveloppé dans une couverture comme l'homme l'avait promis et le petit ne le découvrit pas mais il s'assit à côté de lui et se mit à pleurer sans pouvoir s'arrêter. Il pleura longtemps. Je te parlerai tous les jours, chuchotait-il. Et je n'oublierai pas. Quoi qu'il arrive. Puis il se releva et fit demi-tour et retourna sur la route.

La femme quand elle le vit l'entoura de ses bras et le serra contre elle. Oh, dit-elle, je suis si contente de te voir. Elle lui parlait quelquefois de Dieu. Il essayait de parler à Dieu mais le mieux c'était de parler à son père et il lui parlait vraiment et il n'oubliait pas. La femme disait que c'était bien. Elle disait que le souffle de Dieu était encore le souffle de son père bien qu'il passe d'une créature humaine à une autre au fil des temps éternels.

Autrefois il y avait des truites de torrent dans les montagnes. On pouvait les voir immobiles dressées dans le courant couleur d'ambre où les bordures blanches de leurs nageoires ondulaient doucement au fil de l'eau. Elles avaient un parfum de mousse quand on les prenait dans la main. Lisses et musclées et élastiques. Sur leur dos il y avait des dessins en pointillé qui étaient des cartes du monde en son devenir. Des cartes et des labyrinthes. D'une chose qu'on ne pourrait pas refaire. Ni réparer. Dans les vals profonds qu'elles habitaient toutes les choses étaient plus anciennes que l'homme et leur murmure était de mystère.

Remerciements du traducteur

Je tiens à remercier tous ceux qui m'ont aidé de leurs conseils dans ce travail, en particulier mes amis et collègues de langue anglaise, Sharon Brandstein, Frances Favre, Karin Kaminker, Rick Wallach et Julian Snelling. Les suggestions d'Adelino Pereira et les explications techniques d'Alain David et Jean-Michel Galindo m'ont été bien utiles.

Cormac McCarthy a prêté une oreille toujours attentive à toutes mes questions et ses réponses m'ont permis de mieux comprendre la lettre et l'esprit du roman.

Je veux aussi remercier Nathalie Zberro de sa minutieuse relecture.

Retrouvez tout l'univers de Cormac McCarthy chez Points

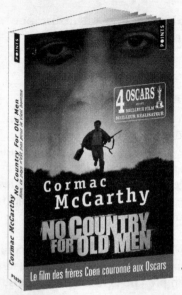

7 €

8 €

6,50 €

« Lyrique et visionnaire. »
Télérama

Les plus grandes lectures commencent par un **POINTS**

RÉALISATION : PAO ÉDITIONS DU SEUIL
IMPRESSION : CPI BRODARD ET TAUPIN À LA FLÈCHE
DÉPÔT LÉGAL : MAI 2009. N° 98844-17 (59206)
IMPRIMÉ EN FRANCE